edition:behmann

JAN C. BEHMANN

Glossen, nachts um halb drei

edition:behmann

Für
Christopher Bulle

Die hier vorliegenden Glossen erschienen zwischen 2021 und 2025 in der Wochenzeitung *Der Freitag* in der Rubrik *Freitag A–Z*.

Die Texte entsprechen dem jeweiligen Stand zum Zeitpunkt ihrer Veröffentlichung. Änderungen, Fehler und Irrtümer können nicht ausgeschlossen werden.

Die Jahre der Glossen

»Ich glaube, da hast du Talent für!«, schrieb mir meine damals zuständige Redakteurin, als ich ihr den Versuch einer Glosse zuschickte. Jede Woche ein neues Thema, auf das man sich in kürzester Zeit einstellen musste, denn die Abgabefristen waren immer nah, die Zeichenzahlen, also wie lang der Text sein musste, sehr genau vorgegeben.

Nach mehr als 150 Glossen und einem mittlerweile prosperierenden Verlag (allein 2025 erscheinen sechs Bücher/Hörbücher, davon fünf in meinem eigenen Verlag), habe ich mich entschieden, keine weiteren Glossen für den *Freitag* zu schreiben.

Ich wünsche Ihnen viel Freude beim Lesen dieser kurzen Texte und vielleicht entdecken Sie dabei auch ein paar spannende Einsichten.

Bleiben Sie uns gewogen und freuen Sie sich auf viele neue spannende Bücher in meinem Verlag!

Herzlich,
Ihr

Jan C. Behmann

Vorwort

Von Andreas Altmann
Wäre der Behmann ein Tier, dann wäre er ein Oktopus. Aber nicht mit acht, sondern tausend Fangarmen. An deren Ende sich tausend Saugnäpfe befinden. Mit denen dockt er an – am Wissen rund um den Globus. Täglich, nächtlich, 365 mal 24 Stunden.

Während wir Nachtwächter pennen, schreibt Behmann um 2.30 Uhr seine Glossen und erklärt uns die Welt. Der Mann darf das, denn er ist ein Hirni. Das ist jene Art von Zeitgenossen, die penetrant darauf bestehen, das geheimnisvollste Teil des menschlichen Körpers mit haltloser Neugierde auszubeuten. Wie löblich, denn enorme Kräfte sind am Werk, um unser Hirn lahmzulegen. Die radikale Verdummung als hehres Ziel menschlichen Lebens.

Ich bete jeden an, der mich auf kluge Weise belehrt. Um das grässliche Gefühl der eigenen Ignoranz mit mehr Nachsicht hinzunehmen. Ich erinnere mich an unser letztes Treffen in Paris. Wie habe ich es genossen, nicht nur, weil ich von Jan eingeladen wurde, sondern gewiss auch, weil ich still sein und lauschen durfte. Ich kann wunderbar den Mund halten, wenn mein Gegenüber mich souverän mit seinen geistigen Fundsachen beschenkt. Umso mehr, als der 40-Jährige – neben seiner wuchernden Produktion als Autor – noch in anderen Bereichen arbeitet. Von denen ich noch weniger Ahnung habe. Knapp drei Stunden lang

hörte ich Sätze voller Hellsichtigkeit und amüsanter Perfidie. Schwer beladen mit Behmanns Schlauheiten fuhr ich nach Hause.
Als Schreiber – was in den Glossen nachzulesen ist – legt der Tausendsassa einen Zahn zu, einen Giftzahn. Noch ein Pluspunkt, denn er verschont uns mit billiger Wohlfühlliteratur. Er traut sich, er lästert, er muss nicht von allen geliebt werden. Birkenstock-Träger kommen unter die Räder, ein Dresscode wird eingefordert, um das Grauen schlecht gekleideter Männer in den Griff zu bekommen, über die Schrecknisse von Kreuzfahrtschiffen wird berichtet, Familientreffen gelten als unbedingt zu vermeidende Zumutungen und mit heiterem Gelächter liest man Behmanns Spott über Deutschlands größtes Biotop linker Spießer: die sich woke und schwer betroffen über das Elend der Welt entrüsten – in feinen Altbauwohnungen, mitten im Prenzlauer Berg.

Der Siebengescheite fordert seine Leserinnen und Leser. Immer mal musste ich ein Wort nachschauen, von dem ich noch nie gehört hatte. Auch das mag ich, weil es Wörter sind, die reicher machen, die tatsächlich helfen, anschließend die erschütternde Komplexität der Welt eine Winzigkeit besser zu verstehen. Fazit: Beim Lesen der Bildzeitung reicht ein Wortschatz von 500 Verben und Substantive, beim Lesen von Behmann reicht das gerade für den ersten Absatz.

Aber es gibt noch einen anderen Jan. Der hat ein Herz, der hat Empathie und den treibt das dringende

Bedürfnis an, anderen beizustehen. Und er predigt nicht salbungsvoll, er tut. Er kennt sicher den Satz von Jean Cocteau: »Es gibt keine Liebe, es gibt nur Beweise der Liebe.« Okay, ersetzen wir das dramatische Wort Liebe durch das Wort Menschenfreundlichkeit, dann stimmt die Behauptung noch immer. Nicht umsonst ist er vor vielen Jahren schon Notfallsanitäter geworden und hat inzwischen so manchen vor dem Sterben gerettet.

So stehen in seinen Glossen ganz konkrete Vorschläge, wie man im Ernstfall mit einem Defibrillator umgeht, wie eine Herzmassage funktioniert, wie man seine Scheu überwindet und jemanden via Mund-zu-Mund-Beatmung zurück ins Leben holt. Denn bei Herzstillstand zählt jede, absolut jede Minute. Wir sollen unsere Angst überwinden, ruft er uns zu, etwas falsch zu machen. Wir sollen tapfer sein und anpacken, denn ein Mensch schwebt in akuter Gefahr.

Braver Leser wie ich bin, habe ich sogleich auf Youtube die einschlägigen Videos angeschaut. Ich will endlich auch Held sein und in das strahlende Gesicht eines Wiedergeborenen blicken.

Rührenderweise ist Behmann – der Schreiber, der Sanitäter und nebenbei noch Chef einer Brandschutzfirma – grundsätzlich mit einem Set Briefmarken unterwegs. Und verteilt sie lässig, wenn ein Briefmarkenloser danach fragt. Der Kerl lässt nichts aus, um unser Dasein auf Erden zu erleichtern. Wir könnten

Andreas Altmann ist preisgekrönter Reporter und Autor mit einer Millionenauflage. Er lebt seit Jahrzehnten in Paris und der Welt.
Er ist der Preisträger des
Christopher-Bulle-Stipendiums 2025.

ein paar mehr von ihm gebrauchen.
Halt, einen dunklen Punkt gibt es – zwischen uns beiden. Vor Jahren hat mir Herr Behmann bereits versprochen, mich irgendwann in einem Sanka mitzunehmen. Damit ich einmal im Vollgasrausch mit Blaulicht und Martinshorn durch eine Großstadt brausen darf – hingerissen von dem Allmachtsgefühl, dass alle anderen stehenbleiben. Weil ich Vorfahrt habe, immer. Das steht noch aus. Ansonsten sollten wir vor Dankbarkeit von einem Bein auf das anderen hüpfen. Weil wir einen wie ihn haben, der uns weiser macht und zwischendurch uns garantiert beschützt, wenn wir um Hilfe rufen.

Andreas Altmann
Paris, im Oktober 2025

11.02.2021

Steno

Kennen Sie das Schreibmaschinenlied? Leroy Anderson hat mit *The Typewriter* den Stress der Textverarbeitung sinfonisch vertont, endet doch alles mit einem lauten Ping. Als ich mich selbstständig machte, gab es selten Pings. Gähnende Leere im Postfach. Heute habe ich schon beim Aufstehen mehr Mails als Lebensjahre in der Inbox. Da helfen nur ganz rigide Mittel. Kein Mailzähler am App-Icon, bloß nicht nachts die App öffnen, Kommunikationshygiene einfordern und eine Assistentin, die einem mehr abnimmt, als sie müsste. Wobei manchmal die Frage ist, wer genau das Baby ist. Denn ans Essen muss sie mich auch zeitweise erinnern. Und wo wir nun schon in der babylonischen Leistungsspirale des Kapitalismus sind, verrate ich Ihnen auch gerne, wie meine Standardmails entstehen: Textbausteine, die ich mit Buchstabenkürzeln generiere. Wenn ich also »sgd« eingebe, liest der Adressat »Sehr geehrte Damen und Herren«, oder »HG« »Herzliche Grüße Jan C. Behmann«. Leider gibt es da manchmal auch Kürzelkauderwelsch, und statt Grüßen steht Unverständliches in der Mail. Aber gut, das gilt ja für die meisten Mails.

In Erinnerung an den Sprecher dieser Stücke, Joachim »Achim« Höppner, der leider kurz nach seinem sechzigsten Geburtstag 2006 verstarb.

18.02.2021

Regeln

Es gibt ein altes Radiofeature, das Sie noch auf Klassikradio hören können: *Die wahre Geschichte*. Wenn Sie gerade wehmütig an Ihr Büro zurückdenken, kann ich Ihnen sagen, der Gesetzgeber überlässt hier nichts dem Zufall. Neben dem staatlichen Recht gibt es auch noch das autonome Recht der Unfallversicherungsträger. Da gibt es Vorschriften, Regeln und Grundsätze in Hülle und Fülle mit differentem Verbindlichkeitscharakter. Aber: Das Schutzziel muss immer erreicht werden! Ob Beleuchtungsstärke, Mobiliaraufteilung oder der Abstand Ihrer Augen zum Bildschirm – alles ist geregelt. Kennen Sie etwa die G37-Angebotsvorsorge? Sie sollen sicher an Ihrem Bildschirmarbeitsplatz Wertschöpfung leisten – *und nun kennen Sie die wahre Geschichte.*

25.02.2021

Zwischenstopp

Das beschleunigte Subjekt des Kapitalismus will gar nicht mehr ankommen. Die Vor-Ort-Selfies dokumentieren nur noch das Dagewesensein, stärker wirkt aber die Aura des Unterwegsseins. Ein Freund von mir macht es richtig, er hat schlicht einen eigenen Jet. Aber nicht eine von diesen kleinen Zigarren, in denen sich übergewichtige Chefs von Hidden Champions aus der schwäbischen Provinz zwängen. Nein, er ballert gleich mit einer Bombardier Global 8000 um die Welt, die plötzlich ziemlich klein wirkt, wenn er von seinem nächsten Trip spricht. Nur sein Flugpersonal hat während der Corona-Krise verloren. Es sitzt beim *Layover* (Zwischenstopp) in verschlossenen Hotelzimmern und wartet darauf, dass dem Eigner langweilig wird. Da Satz eins dieser Glosse greift, hat die Crew aber doch ziemliches Glück.

04.03.2021

Zigarrenzirkel

Dass uns dieses Jahr die Manschetten nicht abgefroren sind, ist auch das Einzige, was uns erspart geblieben ist. Mit meinem Freund Mangold treffen wir uns seit Jahren in bewährter Runde und rauchen in gastronomisch betriebenen Kellern jeden Samstag unsere Zigarren. Ein Picknick der besonderen Art, denn auch wir haben unser Körbchen mit Anschneider, Hölzern, Reisehumidor und Reservegas fürs Jetfeuerzeug (nie den Finger vorhalten, um zu testen, ob es an ist. 900 Grad!). Doch seit dem Winter treffen wir uns bibbernd an Wendehämmern und ziehen zitternd an den Zigarren. Genuss geht anders. Nun scheint die Sonne und ein Freund schreibt: Lasst uns in meinem Innenhof rauchen und Kaffee schlürfen. Wir packen die Sachen und radeln los. Die Freude auf Vergangenes ist so viel größer als zuvor. Verknappung schafft Begehr.

11.03.2021

Wollmilchsau

Das mit den tradierten Werten ist ein Problem in unserem Gesundheitssystem. Wir wollen alle die neueste – und damit hoffentlich beste – Behandlung. Doch moderne Organisationskonzepte fehlen nicht selten in Praxen, die noch in Wohnungen ihren Standort, aber schon längst nicht mehr ihren Platz haben. Ähnlich gestrig sind die Ansprüche der Patienten, die glücklicherweise aus vergangener Zeit stammen. Sie wollen, dass der Hausarzt alle Fachdisziplinen beherrscht – und das bitte gleich gut. Das aber kann kein Mensch (nota bene: Ärzte sind Menschen) leisten. Der beste Hausarzt ist der, der seine Patienten gut kennt und genauso gut seine eigenen Wissensgrenzen. Das dient der richtigen Diagnose.

Von Irvin D. Yalom seien Ihnen quasi alle Bücher empfohlen. Schauen Sie einfach für sich per Leseprobe, was Ihnen am ehesten zusagt. Sein Fachbuch *Existentielle Psychotherapie* ist mein absoluter Favorit. Aber Achtung, dies ist ein Fachbuch und kein Roman.

18.03.2021

Oberstübchen

Sie brauchen nicht hinter einen Spiegel zu gucken, um in einen geheimen Raum schauen zu können. Vor fast zwei Dekaden arbeitete ich in einem OP. 19 Grad, fußkalt – die Emotionen auch. Doch da war dieser eine Arzt, von dem alle raunten, der wisse einfach alles, sei so umfangreich gebildet. Sogleich sei er aber noch nie geflogen, nenne nur ein klappriges Fahrrad sein Eigen. Heute würde ich ihn an seinen Augen erkennen. Diese beseelten Augen mit Tiefe wie ein Sprung in den Atlantik. Es sind die Menschen, die ihr eigenes geheimes Zimmer entdeckt haben. Der Weg dahin ist steinig und wirkt *a priori* wenig erstrebenswert. Doch wie dieser Arzt oder auch der »arme Poet« in Spitzwegs gleichnamigem Gemälde haben diese Menschen das innere Ich als die einzig wahre Landschaft ihres Selbst erkannt und davon Besitz ergreifen können. Denn der Mensch ist eben nicht das, was er denkt zu sein. Nicht mal die Anderen sind die, die er denkt, dass sie es seien. Setzen Sie sich ganz ruhig hin und schauen Sie in sich. Na, werden Sie unruhig? Dann müssen Sie an der Rezeption zu Ihrem eigenen geheimen Zimmer noch etwas warten. Doch tun Sie es, es lohnt sich!

Von Andreas Altmann seien Ihnen eigentlich alle Bücher empfohlen. Besonders natürlich sein Bestseller *Das Scheißleben meines Vaters, das Scheißleben meiner Mutter und meine eigene Scheißjugend* und *34 Tage und 33 Nächte*.
Andreas Altmann ist – trotz seines immensen Erfolges über Jahrzehnte – ein freundlicher, nahbarer Mensch geblieben; das ist selten in der Branche. Er ist übrigens Preisträger des *Christopher-Bulle-Stipendiums* 2025!

31.03.2021

Zweite Staffel

Andreas Altmann schreibt in seinem Buch *Gebrauchsanweisung für Heimat*, dass man via Kamera eine Wirklichkeit erfinden könne, die so gar nicht vorkommt. Der moderne Bewegtbildkonsument hat es nämlich gern realitätsavers, knechtet ihn der Alltag doch schon real genug. Serien brauchen optische Filter und pseudorealistische Plots, die die ermattete Armee der Heimarbeitenden träumen lassen. So ist es ein Erfolg, dass die Serie *Alpha House* überhaupt auf zwei Staffeln kam. Nach realem Vorbild leben vier Senatoren in Washington in einer WG. Lebensnahe Plots, fehlerhafte Menschen und doch das Timbre liebenswürdiger Lebensbetrachtung. Ja, okay, Sie haben recht, das muss weg.

08.04.2021

Weltraumschrott

Es war der erste heiße Tag des Jahres und ich schickte einen Mitarbeiter zum Wertstoffhof. Doch genauso wie die ersten Sonnenstrahlen die Waschstraßen füllen, ist das gute Wetter wohl Anlass, mal so richtig auszumisten. Weil man den Müll besser sieht? Stau vor dem Wertstoffhof. Es funktioniert vielleicht wie das Aktionspotenzial. Ein Freund von mir nannte es das »Heizkörperprinzip«. Jahrelang hatte er einen alten Heizkörper im Keller und dann dauerte es keine zehn Minuten und das Ding war entsorgt (damals aber ohne Stau). Mit dem Weltraumschrott verhält es sich etwas anders. Zu welchem Wertstoffhof (vulgo: Müllkippe) soll man denn da fahren beziehungsweise fliegen? Über unseren Köpfen fliegen rund 8.500 Tonnen Schrott (u. a. gecrashte Satelliten) ganz schwerelos herum. Nur schlappe hundert Jahre werden sie brauchen, um in der Atmosphäre zu verglühen. Vielleicht hätte der Freund mit dem Heizkörper einfach warten sollen? Ich rufe ihn an, er wohnt mittlerweile auch im Himmel.

22.04.2021

Gastfreundlich

Jahrelang hatte ich ein Beratungsmandat bei einem familiengeführten Münchner Hotel. Und auch wenn das schon eine Weile her ist, ist ein ganz bestimmtes Wohlgefühl, gar Liebe, geblieben. Es ist die Form der definierten, ja tradierten Gastfreundschaft. Die Einhaltung von Riten und Haltungen. All das, was in einem Dorf der 60er Jahre für die Einwohner zum entwicklungshemmenden Fluch wurde, war nun in der von uns definierten Neuzeit ein Segen der eskapistischen Heimkehr an einen wert- und ritenstabilen Ort. Weißwurst (nur vor 12!), das Bier (»oa Helles nimmt's der Herr Behmann aber schoa!«) mit dem Raureif am Glas zum geschäftlichen Mittagessen (wenngleich alkoholfrei). Oder der Trachtenjanker statt eines Sakkos. Zusammen mit dem bayrischen Zungenschlag wurde es ein Ort der Heimkehr in der eigentlichen Fremde. War doch dem Norddeutschen früher nichts weiter weg als München. Der lokale Stolz, bisweilen missbilligend als Arroganz ausgelegt, hat seine Berechtigung. Und wer mit geöffneter Reiseseele dorthin kommt, hat in Bayern sein Platzl gefunden.

29.04.2021

Businessclass

Ich gebe es zu: Ich bin der Typ vor dem Vorhang. Wenn Sie sich (vor Corona) in der Economyclass im Flieger quetschten, dann war ich der, der sich auf dem bequemen Leder rekelte. In der Welt der Geschäftsreisenden gelten eigene, überbordend bornierte Regeln. Nicht erst seit dem Film *Up in the Air* wissen wir, dass Status alles ist. Senatoren-Karten werden wie Reliquien hochgehalten, und die Stimmung kippt, wenn einer die HON-Karte zieht. Doch auch die Etikette hat ein Leistungsvakuum: die Kurzstrecke im Flieger, die zwar Businessclass heißt und auch kostet, aber nicht ist. Es ist ein verschiebbarer Vorhang, der sie zu etwas Besserem machen soll. Ach ja, liebe Airline, da war noch das ach so viel bessere Essen. Ich erinnere an Gummibaguettes und geschmolzenes Konfekt. Aber wie sagte eine Flugbegleiterin: Egal, zahlt ja eh Ihre Firma. Na ja, antwortete ich zerknirscht, die Firma gehört aber mir. Sie brachte mir wortlos Tomatensaft (mit Pfeffer!) – die ehrlichste Entschuldigung, seit es Luftfahrt gibt.

12.05.2021

Filzstift

Kennen Sie die Anlage 2 zu § 13 Absatz 2 GGO (Gemeinsame Geschäftsordnung der Bundesministerien)? Dort ist genau geregelt, wer in Bundesministerien mit welcher Farbe unterschreiben darf. In braun die Unterabteilungsleitung, blau die Abteilungsleitung, rot der Staatssekretär, violett der parlamentarische Staatssekretär und in grün, ja, damit zeichnet nur der Minister. Somit signierte in seiner Zeit auf der Bonner Hardthöhe Helmut Schmidt mit einem grünen Filzstift. Er behielt dies auch nach seiner Demission als Kanzler bei, und so zieren Tausende Manuskriptseiten als Herausgeber der *Zeit* dieses geschriebene Understatement. Wie mit pompösen Titeln, er brauchte sie nicht. Er *war* es.

20.05.2021

Serpentinen

Wir schreiben das Jahr 1995. Vom Smartphone noch weit entfernt, pulte man sich am Strand hingebungsvoll die Sonnenbrandblasen auf. Es war eine Zeit der googlefreien Ahnungslosigkeit. Auch Erwachsene waren ohne blassen Schimmer um die mannigfaltigen Gefahren des lustvollen Reiseerlebnisses. Und wenn schon Urlaub, dann mit Ausflugsimperativ. Um fünf Uhr früh vor dem Hotel wartete der Bus und man selbst in Neonshorts. Zig Stunden ging es durch sandige Areale irgendwohin, wo vor langer Zeit gewichtige Dinge zwischen kaum mehr erkennbaren Steinfragmenten geschehen waren. Die sonore Stimme der Reiseleiterin im Ohr (»Hier schon lange alle tot!«) und ein Brummen im Kopf. Leider erwiesen sich die Serpentinen nicht als mein ideales Habitat. Die Reisenden hinter uns klopften sich die am Frühstücksbuffet geklauten Eier auf, als ich – frei von freiem Willen – in einem erklecklichen Strahl mein regelhaft verzehrtes Hotelfrühstück hemmungslos auskotzte. In beiden Fällen waren es Eier to go.

10.06.2021

Cruisen

Sind Trends nicht nur ein Narrativ? Nur die individuelle Rezeption bestimmt die Deutung durch die Wahrnehmungsintensität für die als breit definierte Masse. »Pseudo« könnte das neue allumfassend obligate Präfix der deklarierten Existenzen sein. Es ist so wie mit der Scheiße. Sie schwimmt im Wasser immer oben. Das gleiche gilt auch für Kreuzfahrtschiffe, die völlig sinnfrei CO_2 in unser aller Atmosphäre pusten. Menschen mit schlechtem Geschmack und der masochistischen Liebe nach totalitärer Fremdbestimmtheit gehen seit postmodernem Menschengedenken auf diese stampfenden Metallkonstrukte, um das Gegenteil der Tatsächlichkeit zu erleben: Freiheit. Es ist kein Comeback einer Reiseart. Es ist der konstante Schnelltest für Selbstbestimmtheit. Aus einer stilvollen Art des Reisens ist seit Jahrzehnten eine verkitschte Instantform der Weltflucht mit simulierten Fremdresonanzräumen geworden. Fliehen vor allem, am meisten, vor sich selbst. An der literarischen Verarbeitung dieser »Urlaube« haben sich einige versucht, doch das stille Wutpapier gegen Kreuzfahrten hat David Foster Wallace geschrieben: *Schrecklich amüsant, aber in Zukunft ohne mich*. Nothing to add, seliger David, sage ich und liege auf meinem Balkon. Ich, die lebende Gehwegplatte.

24.06.2021

Zwangsneurosen

Auch Partner sollen nicht welken. Das wusste schon Roger Willemsen, der einer Liebesbeziehung eine Spannungsdauer von maximal zwei Jahren attestierte. Recht hatte er in mehreren Realitätsachsen. So sind die Achsen Urlaub (Wohnortferne), Beziehungsdauer und Intensität des wahren Kennens auch die Grundlage für Martin Parrs Fotoserie *Bored Couples* (googeln, lachen, Eigen- und Fremdscham empfinden).
Paare am Rande des indikativen Ausverkaufs ihres selbstbe-, aber bisher nicht ergründeten Daseins. Im Spätkapitalismus will man nicht verwelkt wirken. Der Hybrid Willemsen hatte das erkannt. Die Steigerung der Intensität soll die Bewusstmachung des eigenen Daseins noch erlebbarer machen, wie der Philosoph Tristan Garcia in seinem Buch *Das intensive Leben* erläutert. Willkommen zur Zwangsneurose der ewigen Erneuerung!

01.06.2021

Touristen

Sigmund Freud wusste es schon vor langer Zeit: Alles Verdrängte ist unterbewusst, aber nicht alles Unterbewusste ist verdrängt. So schrieb er es in *Das Ich und das Es*. Wenn man unfreiwillig auf die wiederbelebten Ströme von Touristen trifft, merkt man, was in der Pandemie so gar nicht gefehlt hat. Die Menschen, die blickend, ohne zu schauen, durch die Gassen trampeln, auf dem Weg zur nie erreichbaren, weil für das hektisch promenierende Individuum gar nicht wahrnehmbaren Erkenntnis. Stellen Sie sich vor, es herrscht Erkenntnis und keiner schaut hin. Die EM, sie bewahre uns! Was das mit Quallen zu tun hat? Es ist die Lust an der Qual von etwas, das man weder kennt noch versteht. Und so piesacken Touristen arme Quallen und machen doch nur das, was sie ständig selbst mit sich anstellen. Die Geißel des imperativen Entspannens von einem Leben ohne Umkehr. So ist das Quallenquälen beides: verdrängtes Leid und unterbewusst aktive Reaktanz gegen die Umstände.

08.07.2021

Kloputzen

Jim Carrey soll gesagt haben: »Ich wünschte, jeder würde reich und berühmt werden. So könnten alle erkennen, dass das nicht die Lösung ist.« Leider ist es wie mit einem Zaun, hinter den man nicht schauen kann, und daher allem Dahinter doch eine Verheißung innewohnt. Und so verhält es sich auch mit Hauspersonal. Hat man keins, vermisst man es, hat man es, erkennt man, dass der einzige Weg, das Klo richtig zu putzen, doch der höchsteigene ist. Mit Scheuermilch oder mit Zitrusreiniger? Mit einem grünen Schwamm oder Lappen? Reinigungsresonanzegoismus würde Hartmut Rosa dieses Problem vielleicht nennen und tausend Seiten darüber schreiben. Selbst ist der Putzende, kann ich Ihnen da nur sagen. Aber ich muss nun putzen, der Urinstein soll ja nicht gemeißelt werden wollen.

15.07.2021

Zauberwort

Willy Brandt hat wohl den Slogan schlechthin geprägt: »Mehr Demokratie wagen«. Doch vielleicht hat ihm die Zeit den Slogan auch erst viral ermöglicht. Wie man da wieder hinkommt, wollte ein Basisgenosse in der Reportage »Eine Woche mit Willy Brandt« (Ruprecht Eser, ZDF 1981) von ihm wissen. Der Mensch ist mehr Zaungast seines eigenen Erfolges als gänzlich Macher desselbigen. Für Slogans gilt das Gleiche. Warum fand bei Douglas keiner raus, und bei Schlecker war keiner mehr vor Ort? »Sie kennen mich«, warb Angela Merkel. Aber wie kann man jemanden kennen, den man siezt? Das frage ich mich und wähle SPD. Mehr wagen, vielleicht mehr Demokratie.

22.07.2021

Tarifgebiete

Während ich Ihnen das hier vom Rücksitz meiner Limousine schreibe, verzweifelt sicher gerade wieder jemand an den hiesigen Tarifsystemen im ÖPNV. Ich bin es längst: Bahnsteigkarten, Grenztarifgebiete, überlappende Zonen – all das hat mich zum Kfz gebracht. Apps, die WLAN brauchten, wo kein WLAN war, aber wo ergreifungsentlohnte Kontrolleure warteten. Fahren ohne Ticket muss man gar nicht wollen, um schwerelos in die Illegalität mit der Bahn zu ruckeln, es reichen kaputte Automaten, inklusive Uringeruch und der süffisanten Kontrolleursbemerkung: »Die Ausrede kenn' wa'!« War aber keine Ausrede, es war der wiederkehrende, redliche Versuch, sich in einem System mit verschränkter Logik zu bewegen.

Hierzu sei Ihnen das Buch des Münchner Psychotherapeuten Wolfgang Schmidbauer empfohlen: *Raubbau an der Seele. Psychogramm einer überforderten Gesellschaft.*

02.09.2021

Magie

Viele Menschen spüren sich im Kapitalismus gar nicht mehr. Das ist systembedingt, die Trauer über *das von sich selbst Entledigtsein* bei gleichzeitiger Funktionsnotwendigkeit würde wohl wie eine Säureflut im Kopf wirken. So wundert es nicht, wenn Menschen kaum noch ein Gefühl für Jahreszeiten haben. Für die Möglichkeit, einen Umbruch zu erfühlen, eine Zeit zu verabschieden oder einen Anfang zu feiern. Es war der 19. September 1981, als im Central Park der Herbst in seiner allumfassenden Gefühlsfülle von *Simon & Garfunkel* in Musik verwandelt wurde und verzauberte. Wenn Sie, wie bisher 82 Millionen andere, *The Sound of Silence* auf *YouTube* hören und den Herbst spüren, dann leben Sie.

09.09.2021

Unikum

1999 war noch alles anders. Wir, die Schülergruppe aus dem beschaulichen Hannover, flogen mit der Lufthansa in einer Boeing 747-400 über den Atlantik und ich durfte noch völlig unbehelligt das Cockpit besuchen. So wenig man sich kurz vor 9/11 Gedanken über Terroristen machte, so wenig Menschen gab es bei uns, die einen Pkw mit Automatik hatten. Gangschalten galt als deutsches Nonplusultra des Fahrenkönnens. Wenn es danach geht, war ich kein guter Fahrschüler, denn ich begriff nicht, wie man es sich grundlos schwerer machen konnte. Angekommen im ebenso beschaulichen Olympia, WA, zwei Autostunden von Seattle entfernt, kannte man ausschließlich P, D und R. Nur eine einzige Gastmutter hatte einen alten 3er-*BMW* mit Schaltknüppel »What's the deal with that tricky shit?« Mehr als »It is as it is in Germany« fiel uns nicht ein, und das traf den Zeitgeist schon sehr genau. Nun ist die Geschichte listig und schenkt mir auf ökologischer Welle das einzig wahre Getriebe: die Automatik.

Ich empfehle Ihnen alle Bücher von Rolf Dobelli hinsichtlich menschlicher Denkfehler. Übrigens hat sich auch Rolf Dobelli - trotz Millionen verkaufter Bücher - seine Menschenfreundlichkeit bewahrt.

16.09.2021

Airline

Den Menschen überfällt immer wieder eine Hybris des Unsterblichkeitsgefühls. Beim planmäßigen Pegasus Airlines Flug 2193 von Izmir nach Istanbul führte das in eine eigentlich vermeidbare Katastrophe: den »runway overshoot«. Bei schlechtem Wetter wurde trotz zu starken Windes viel zu spät auf der regennassen Landebahn aufgesetzt. Das Flugzeug zerbarst. Drei Tote, 19 Schwerverletzte. Schon seit die Lufthansa 1993 in Warschau Ähnliches erlebte, müsste jedem Piloten klar sein, dass Durchstarten die einzige Option ist. Doch der Mensch ist kein rationales Wesen und der Kopf voller »biases«, sprich kognitiver Verzerrungen. So ist das Festhalten an der Landung trotz veränderter Situation ein klassischer sogenannter »belief perseverance«, neue Erkenntnisse werden ausgeblendet, es wird an der ersten These festgehalten – bis ins kollektive Verderben.

23.09.2021

Detail

Manchmal retten einen die Details. Ich saß im legendären Schumann's am Münchner Hofgarten und wurde an der Bar unfreiwillig von einem betrunkenen Manager in Paarungslaune samt Duplex Damenbegleitung sowie einem Bekannten mit sexualisiertem Mitteilungsbedürfnis eingerahmt. Was einem an einer Bar immer bleibt, ist die Flucht zu den Barkeepern. Die aber hatten an diesem Abend schon genug Annäherung erfahren und mixten stumm, aber versiert ihre Drinks. Viele denken: Wer nichts wird, wird Wirt, und so wird es meist leider auch. Schlechter Service, wenig Sachkenntnis, kein Gefühl für das, was man da eigentlich betreibt. Gerade in Vorstädten verzweifelt man regelmäßig, weil die Drinks, die man da bekommt, eher »Versuche« eines Cocktails im Handkeschen Sinn sind. So verstehe ich im Schumann's plötzlich, warum meine Cola so ausgewogen nach Zitrone schmeckt: Erst kommt ein Eiswürfel ins gekühlte Glas, dann die Zitronenscheibe, dann ein weiterer Eiswürfel, und das Ganze wird schließlich mit einer galanten Zangenbewegung heruntergedrückt. Charles Schumann, mein Held!

30.09.2021

Frankiermaschine

Zu Beginn meiner Selbstständigkeit war ich ganz verrückt nach ihr. Andere strebten nach einem Sport-Coupé, ich wollte nur diese kleine Maschine. Sie kennen sie wahrscheinlich nicht, und wenn, nur das Ergebnis: Die Rede ist von einer Frankiermaschine. Portowert einstellen, Brief oder Klebestreifen einlegen, und zack, wird ein frankiertes Versandstück daraus. Mit eigenem Logo wie ein Großversender. Mein Freund Mangold ist so einer: Seine Firma hat bei DHL eine eigene Rutsche im Verteilzentrum nebst eigener Hausnummer (900) und für die Briefe eine Großkundenpostleitzahl, was Straßennamen entbehrlich macht. Bei mir blieb es bei dem Wunsch, denn die Maschine hat Hürden: Man muss das Gerät mieten, hat eine Mindestabnahme an Portowerten und muss sie mit einem Modem verbinden.

30.09.2021

Kontaktmittel

Die Internetmarke wäre eine so tolle Erfindung, würde sie nicht den digitalen Seelenverlust durch Immerverfügbarkeit widerspiegeln. Mitnichten hat sie sich in den Köpfen der Menschen daher etabliert. Gestern stand ein Lehrgangsteilnehmer vor mir und meinte verzweifelt: Wo bekomme ich denn hier eine Briefmarke her? Ortsbedingtes Schulterzucken war die Folge. Außer bei mir: Ich zückte mein Portemonnaie und fragte, welchen Wert er denn brauche. Sie sehen, analoge Briefmarken verbinden Menschen schon vor dem Versand.

*Weder die Wertstufe noch die Marke sind mehr erhältlich.
Es sei Ihnen auch Burghart Klaußners Roman *Vor dem Anfang* empfohlen.

30.09.2021

Sammlung

Nein, Sie sollten keine *Rolex*-Uhren sammeln, das tun aktuell schon genug Menschen, die Uhren gar nicht mögen, aber auf eine rapide Wertsteigerung setzen. Versuchen Sie es doch mal mit Briefmarken. Es muss ja nicht gleich die *Blaue Mauritius* sein, aber wie schön ist es, einem analogen Hobby zu frönen und damit der optischen Volldigitalisierung unseres physischen Lebens noch ein wenig zu entgehen. Ich hatte schon als Kind ein Postamt und war ganz im Rausch des Stempelns, Frankierens und Versendens. Meine Assistentin meint, daran hätte sich bis heute nichts geändert. Damit hat sie recht. Noch heute versende ich gerne Poststücke egal welcher Art um die ganze Welt und erfreue mich meiner erhaltenen Philatelie. Stöbern Sie mal bei der Deutschen Post im Onlineshop und entdecken Sie herrliche Markensets, mit denen man die Aussage eines Briefes oder Pakets noch mal unterstreichen kann. Ich kann Ihnen zum Beispiel das Briefmarkenset »Fritz Bauer«* zu 2,70 Euro ans Herz legen: Der ehemalige Generalstaatsanwalt Hessens und Nazi-Jäger Bauer hat jedwede Anerkennung verdient und damit können Sie auch gleich eines der Bücher über ihn ohne Portosorge verschicken. Zu empfehlen sei hier Werner Renz' (Hg.) *Von Gott und der Welt verlassen. Fritz Bauers Briefe an Thomas Harlan* sowie *Auschwitz vor Gericht. Fritz Bauers Vermächtnis und seine Missachtung*. Absolut zu empfehlen ist Ihnen auch der Film *Der Staat gegen Fritz Bauer* mit dem grandiosen Burghart Klaußner in der Hauptrolle.

07.10.2021

Familienclan

Die Kinder sollten sich ein Leben lang lieben, nicht ein Leben lang streiten, meint der Patriarch Wolfgang Grupp. Seit mehr als fünfzig Jahren leitet der drahtige Mann den Textilhersteller *Trigema* auf der rauen Schwäbischen Alb. Seine Kinder Bonita und Wolfgang jr., erzogen an Eliteinternaten, sind bereits in leitender Funktion im Unternehmen tätig. Doch nur einer von beiden soll die Firma erben. Die Entscheidung überlässt Grupp seiner Frau, einer geborenen Baronesse. Er selbst plant seinen Abschied plakativ: auf seiner Grabtafel im eigens errichteten Familiengrab fehlt nur noch das Sterbejahr. Der Rest der Familie verzichtete auf so viel Weitblick.

Nachtrag:
Zum 01.01.2024 haben, entgegen Grupps eigentlicher Planung, doch beide Kinder den Betrieb übernommen.

Nachtrag 2:
Im Juli 2025 hat Wolfgang Grupp versucht, sich das Leben zu nehmen. Glücklicherweise hat er überlebt und sich per Brief an die Öffentlichkeit gewandt, in dem er erklärte, dass er unter Altersdepressionen leide. Er rief alle Betroffenen auf, sich Hilfe zu suchen.

14.10.2021

Auslagerung

»Hey, Sie haben nicht bezahlt!«, ruft mir der sichtlich erboste neue Postshop-Betreiber hinterher. Ich mache kehrt und versuche ihm zu erklären, dass wir Geschäftskunden sind und uns unsere DHL-Paketlabels einfach selber freimachen: Er brauche es nur zu scannen. »Nein, nein, 7,90 Euro!«, versucht er mir weiterhin den Sachverhalt zu erklären, bei dem er anscheinend noch Amateur ist. Seine Frau klärt das dann zu meinen Gunsten auf. Böse werde ich nicht mehr. Es sind eben prekäre Arbeitsverhältnisse, die sich durch die gesamte Prozesskette der »Delivery« ziehen: Nicht nur der Kurier, sondern auch der lokale Kurierservice (Postshop) ist im Knechtmodus. Die Bäckerei-Ketten sind allerdings noch perfider: Sie spannen statt Einzelpersonen gleich Ehepaare ein, die sich dann gegenseitig massakrieren, bevor sie die Bude an die Wand fahren.

04.11.2021

Brennstoff

Warum suhlen sich Menschen so sehr im Leid anderer, um dann in einer fast nicht mehr als unterbewusst zu bezeichnenden Volte von für sie quälender Fremdscham zu ächzen? Das kann ich Ihnen gerne erklären: Diese ausgeartete Form der gern erlebten Fremdscham ist der Brennstoff für die Kalibrierung des eigenen Seins. Denn dieses eigentlich zwischenmenschliche und intrinsisch zu generierende Gefühl der Kongruenz von gesunder physischer und emotionaler Eigenwahrnehmung gerät zusehends in eine mehr als zaghafte Dissonanz. Wenn ein Fehlen von Likes in sozialen Medien zu Ängsten bei jungen Menschen führt (wie es aktuell die *New York Times* beschrieb), dann bleibt nur die Rettung des maladen Selbst durch das mittelbare »Ritzen« in fremder Haut und das gleichzeitige wohlige Gefühl der kurzzeitigen illusionären eigenen Richtigkeit, das sich dann aber schnell wieder verflüchtigt.

18.11.2021

Endlosschleife

Christian Drosten sagte in der *ZEIT*, er wolle nicht zu einem Papagei werden. Er halte alles Wesentliche zur Pandemie für gesagt. Was Drosten da verlautbart, offenbart auch die gegenwärtige Situation: Die Natur lässt den sich bisher als überzeugten Herrscher der Dinge fühlenden Homo sapiens ziemlich tief in den Morast der Selbstherrlichkeit niederknien. Und so lebt der modern domestizierte Mensch in seinem gefälligen Gefühl der Selbstbestimmungsberechtigung nun in einem Schleudergang der zwangsweisen Gleichförmigkeit. Seit März 2020 läuft das immer gleiche Waschprogramm, wobei sich nur die Umdrehungen ändern. In Bayern herrscht erneut Söderscher Schleudergang. Wenn Bill Murray in dem Film *Und täglich grüßt das Murmeltier* (1993) immer wieder den gleichen Tag erlebt, könnte er mittlerweile die *Vierte* Wand zu uns durchbrechen und rufen: »Reality depends on certain circumstances.« Unsere Existenz führt uns an der kurzen Leine, leider haben wir sie diesmal nicht in unserer Hand.

18.11.2021

Verschwunden

Das singularisierte Subjekt im Spätkapitalismus fürchtet nichts mehr als die Wiederholung. Es herrscht erlebnisbezogener Eskapismus. Alles muss neu entdeckt werden. Subjekte, Objekte, egal. Weiterwischen, weiterkommen. Malls, Menschen, Ausflugsorte und das Ganze am besten mit einem Gutscheinheft. Immer voran, immer vorwärts – oder sogar beyond? Wäre die Erde doch eine Scheibe, die Menschen würden reihenweise in das Nichts fallen, aber würden sie noch etwas merken, etwas erleben können? Denn der moderne Mensch neigt zu einer Erlebnisinkompetenz. Es hilft nur noch der Kick, das klirrende Delta. Die alles auskleidende Erwerbsarbeit, gepaart mit der ständigen Rezeption der sozialen Blase, sorgen für eine ständige Ausgelaugtheit. Dies ist die Grundlage für den Wunsch, doch bitte nicht mehr durch Bisheriges ermattet, sondern mit dem absolut Neuen überrascht zu werden. Einmal zumindest mit diesem Gefühl des »Jamais vu«. Das geht aber gar nicht. Der Kaiser hat zwar Tausende Kleider, aber es bleiben eben doch nur Kleider. Das Déjà-vu in seiner originären Form erodiert sich am Fortgang der Möglichkeiten und wird durch eine hybride Form seines Selbst ersetzt.
Der Mensch, selten nur dazu bereit, merkt in seinen wenigen wahrhaften Momenten doch, dass er seiner Wirkungs- und Rezeptionsdimension weder quantitativ noch qualitativ entwachsen kann. Und dann haben wir es doch wieder, das Déjà-vu.

25.11.2021

Fliegen

Wenn Sie glauben, die Mitte sei in der Mitte, dann muss ich Sie leider enttäuschen. Als ich begann, Fliegen zu lernen, dachte ich, Norden sei oben mittig. Und dann saß ich neben Fluglehrerin Elvira im Cockpit, die schon erfahrene Pilotin war, ehe sich manche auf Instagram in Uniform zu rekeln begannen und das als gendergerechte Berufsfähigkeitsdokumentation etikettierten. Das Steuerhorn mit schweißnassen Händen umklammernd, lernte ich zwei von noch vielen Sachen: Es gibt magnetisch Nord und geografisch Nord. Und an dem roten Hebel da in der Mitte des Cockpits zieht im Flug niemand – außer im Notfall die Fluglehrerin. Letzteres habe ich schnell begriffen, Ersteres nicht. So lernte ich auch, dass es beim Fliegen eben kein klassisches Geradeaus gibt. Der Wind schiebt einen mehr oder weniger behände nach links oder rechts. Ohne den windabhängigen Vorhaltewinkel auszurechnen, sollte man nicht losfliegen – außer man will woanders ankommen. Und wenn man nach geografisch statt magnetisch Nord will, muss man die Deklination bzw. Missweisung wissen. Und wenn man nach Gitternord will … lassen wir das und buchen einen Flug mit Trägheitsnavigationssystem.

Über das Haus der Eheleute Schmidt erfahren Sie mehr unter *helmut-schmidt.de*.
Zudem kann ich Ihnen die Bücher *Zuhause bei Loki und Helmut Schmidt: Das Kanzlerhaus in Hamburg-Langenhorn* und *Kanzlers Kunst: Die private Sammlung von Helmut und Loki Schmidt* empfehlen.

Von Thomas Glavinic lege ich Ihnen seinen *Das bin doch ich*-Roman gerne ans Leser:innenherz.

09.12.2021

Shakin' Stevens

Auch wenn Weihnachtsfeste wahrhaftig nicht der Kern sozialer Friedsamkeit sind, haftet ihnen ein Zauber schneeberieselten Friedens an. Manchmal greift die Reisevorfreude so sehr, dass man sich wünscht, den Weg der imaginierten Familienfreude prolongieren zu können. Stattdessen muss man feiern gehen. Wenn Sie sich auf *YouTube* das Video von Shakin' Stevens *Merry Christmas Everyone* anschauen, verstehen Sie, was ich meine: dieses leise Versprechen nach tiefem Schnee, einsamen Dorf und Harmonie. Und wenn Ihnen der Clip zu kurz ist: Kennen Sie Bill Nighy alias Billy Mack aus dem Film *Tatsächlich Liebe*? Frohe Weihnachten!

16.12.2021

Unentschieden

Auf meinem Arbeitsweg fahre ich an einem Schachclub vorbei, was mich gelinde gesagt irritiert. Die Literatur konnte aber meine Neugierde wecken: Das Spiel, mit dem Helmut und Loki Schmidt die Zeit nach dem Abendbrot verbrachten, bis sie ins Bett und er ins Arbeitszimmer ging. 1998 debütierte der Mensch, Autor und Jugendschachspieler Thomas Glavinic mit *Carl Haffners Liebe zum Unentschieden* über den fiktiven Carl Haffner, der den Weltmeister Lasker herausfordert und ihn mit dem Willen zum Neutralerfolg, dem Unentschieden, schließlich niederringt. Weder im Kapitalismus noch auf deutschen Autobahnen findet man so viel Mut zur taktischen Intelligenz.

*Wie prognostiziert, brach der heißgelaufene Markt natürlich ein.

10.02.2022

Wert

Einen monetären Wert zu bemessen, ist eine schwierige Angelegenheit. Die Preise für Rolex-Uhren erreichen gerade ungeahnte, risikoreiche Höhen*. Doch wo Höhe, da auch Fallhöhe. Ist das alles echt? So wird etwa von einigen Gemälden vermutet, dass sie der Hand des genialen Wolfgang Beltracchi entstammen. Aufgeflogen war er wegen einer Farbe, die es zur Entstehungszeit des Bildes gar nicht gegeben hatte. Das war Pech, zeigt aber die Relativität des tatsächlichen Wertes. Preise für Kunst können bei Auktionen derweil ungeahnte Höhen im zweistelligen Millionenbereich erklimmen. Sind diese Werke es wert? Materieller Wert entsteht durch immaterielle Emotionszuweisung an ein Objekt. Wenn Herdentrieb, Gier und Lust am Dominieren von Besitztümern greifen, haben Sie die Auktion der Superlative. So soll Gerhard Richter ein Vermögen von 700 Millionen ermalt haben. Einstweilen herzlichen Glückwunsch! Den irrsinnigen Kunstzirkus lernen Sie am besten in Nathaniel Kahns grandiosem Dokumentarfilm *The Price of Everything* kennen – und nein, das ist keine Fiktion.

24.02.2022

Scheidung

Geld soll als Schmerzmittel allen menschlichen Gefühlsübels herhalten? Egal, wie dramatisch die Trennung, wie tief der Graben der ehelichen Zerrüttung oder wie groß der gegenseitige Hass auch sein mögen: Mit genug finanzieller Kompensation scheint alles überwindbar. Scheint. Sie lesen richtig. Denn betrügt sich der Mensch, statt mit anderen, doch am liebsten selbst. Es ist eine staubtrockene Fama, dass Geld überhaupt irgendeine emotionale Kompensation sein kann. Es ist, wenn überhaupt, ein quantifizierbarer Machtbeweis des Siegens über den anderen. Den Begriff Pyrrhussieg kennen aber dabei wohl nur die wenigsten Parteien. Statt sich im Park zu duellieren oder ähnlich peinlich antiquierte Methoden zur Wiederherstellung eigentlich nie da gewesener Ehre anzuwenden, wird vor den Gerichten nun eben über den »Wert« des Ganzen verhandelt und die Moral tanzt Cha-Cha-Cha. Manch böse Zunge zwischen den Frankfurter Bankentürmen sagt mit leicht gepuderter Nase, das gesamte Konstrukt der Ehe sei ein geplanter, unausweichlicher Ablasshandel. Wie Sterben, bloß schlimmer. Und wird sich wohl deshalb mit einem Höchstmaß an Perfidität vor der Judikative gekeilt, weil alle Beteiligten wissen, dass Geld nur heilt, was nie kaputt war: die menschliche Gier.

03.03.2022

Auto

Das mit der Moral ist so eine Sache. Sie ist ein wackeliges Vehikel zur Durchsetzung von emotional getragenen Werteansichten. Die kollektive Moral trennt sich irgendwann von den individuellen Bedürfnissen. Man kann gut im Prenzlauer Berg in seiner Altbauwohnung mit Schiebetür sitzen und rülpsen, wie sehr das Auto doch verzichtbar ist. Letztens kam ich aber wieder in meine Heimatstadt Hameln. Hier und noch mehr im Landkreis sind Sie frühabends und nachts ohne Auto eines: auf sich selbst und ein Anrufsammeltaxi gestellt. Beides keine Aussichten, die ein verkehrsgesättigter Vorzeigebewohner der Hauptstadt in realem Eigenerleben kennt oder kennen will. Moral zu leben heißt, zur Moral gerade dann zu stehen, wenn es keinen Applaus gibt. Hameln nach 18.30 Uhr, nachdem der letzte Bus gefahren ist, ist daher eine Probe für Ihr moralisches Rückgrat.

03.03.2022

Plastiktüte

Aber er habe doch jetzt ein E-Auto, ruft mir Paul freudestrahlend zu. Es klingt, als habe er die Weltformel entdeckt. In einer Welt, in der sowohl die Makro- als auch die Mikroperspektive die Menschen immer mehr überfordert, kann diese emotionale Missannahme nachsichtig eingeordnet werden. Die Menschen sind hilflos und suchen nach Rettungsankern. Die Plastiktüte wurde bereits ins Nirvana geschickt. Wird das die Welt retten? Wohl kaum. Die Ökobilanz der Papiertüte ist übrigens nicht viel besser als die der Plastiktüte. Denn deren Herstellung benötigt fast doppelt so viel Energie. Luft und Wasser werden durch Stickoxide, Schwefeldioxide u. a. Chemikalien belastet. Wiederverwendbar ist die Papiertüte ja auch nicht.

17.03.2022

Scharnier

Wer mich wirklich kennt, der kennt WolfgangOne. Mein Fahrrad, aber nicht irgendeins. Es muss zu mir passen. Und wer zu mir passen will, der muss flexibel sein. WolfgangOne, mangofarben, ist flexibel. So flexibel, dass er in meinen Kofferraum passt; einen Coupékofferraum. Jaja, Sie haben richtig gelesen, Zeit für moralische Aufregung. Doch wenn ich das Coupé parke und WolfgangOne aufklappe, um im maßgeschneiderten Dreiteiler zum Kunden in den fünfzigsten Stock zu düsen, glätten sich die Wogen der Entrüstung. Und alles nur möglich gemacht durch ein Scharnier.

31.03.2022

Frack

Ein Pinguin trägt Herz, manches Mal, saisonbedingt, ein menschliches – wenn das Hemd eine Piquébrust ziert und der Kummerbund die Fastfoodzone umschmeichelt. Der Frack ist die Endstufe der feierlichen Abendgarderobe für den distinguierten Herren der frühermals oberen Gesellschaftsschicht. Da wehen Arthur-Schnitzler-Vibes aus Petra Hartliebs Wien-Romanen durch die Luft. Schon mit dem Hemd fühlt man sich im Batmanlook. Wenn dann noch der Frackrock (vulgo: Jacke) übergezogen wird, nimmt das Gefühl Achterbahnkurven. Der Look ist komplettiert, wenn sich an die Füße mit den kniehohen schwarzen Socken perfekt polierte Lackschuhe schmiegen. Die Jacke wird stets offen getragen, die Hose nur mit Hosenträgern. Verpönt ist übrigens das Distinktionsmerkmal der stilarmen Neureichen: jedwede Uhr.

07.07.2022

Edelkirsche

Bevor es auf der Familienfeier knallt, gibt es allerlei Rituale, diesem ruinösen Zenit der Zusammenkunft genetisch Verketteter zu entkommen. Nicht hinfahren ist dabei eine bewährte Taktik, klappt leider nicht immer. Geistig abschalten funktioniert auch nicht verlässlich, und teilweise kann man gar nicht weniger abschalten als die, die sich extra für die Feier, die keiner als solche empfindet, hochgeschaltet haben. Dann bleibt nur die Flucht nach vorn – ins Gebäck und die Pralinen. Ein dem Kapitalismus entsprechender, ökotrophologischer Untergang, wenn man die Insulinausfuhr auf Raketenniveau fährt. Noch effektiver sind diese kleinen, von Zartbitterschokolade umhüllten Narkosebomben, die nonchalant in einer verschwörerischen Trias aus Gold, Kupfer und Luderrot gereicht werden und nur trainierte Trinker nicht ins Velourpolster sinnberaubter Gleichgültigkeit reißen. Nach drei dieser Biester pralinöser Hinterhältigkeit halte ich selbst meine Familie für erträglich.

In Erinnerung an meinen echten Onkel Hans mit seiner geliebten Modelleisenbahn in Spur N.

07.07.2022

Schwarzwälder Kirsch

Als erstes hat sie mich zum Erbrechen gebracht. Mein Onkel Hans wischte unter demütigenden Blicken seiner rigiden Ehefrau mein Erbrochenes neben seiner geliebten Modelleisenbahn auf; zumindest war es weder auf seinem kleinen Diorama noch im Christbaum gelandet. Im Sinne des Göttinger Verlegers Gerhard Steidl, erst mal die Grenzen einer Sache radikal auszuloten, um zu einem akzeptablen Ergebnis zu kommen, habe ich nach jahrzehntelanger Abstinenz dem schaumig ausgelösten Airbag sahniger Backkunst eine zweite Chance gegeben. Nicht dass es an Alternativen im Angebot hiesiger Kühltheken mangelte. Da ist dieser Hang zu den definierten (von wem eigentlich?) »Torten-Klassikern«, die man sich dann und wann im Kaffeehaus reichen lässt. Nur, um daraufhin wieder festzustellen, dass jeder Traum auch eine realistische und gar nicht blumige Entsprechung hat. Der Reiz des Gegensatzes lässt die Schwarzwälder Kirschtorte dennoch neben der biederen Sachertorte mit ihrer aalglatten Glasur hervorstechen. Dieses artifizielle »Gummihupferl« auf dem Sahneturm: Als »Kirsche« beschrieben, und doch alles andere als das, lässt er jede Schwarzwälder Kirschtorte wahrhaftig werden.

Anmerkung: Sie wollen sich über die Welt der Anzüge informieren? Schauen Sie zuerst auf *YouTube* die Videos von Gerhard Elfers unter dem Titel *Dresscode,* und dann empfehle ich Ihnen die Bücher von Bernhard Roetzel, bspw. *Der Gentleman*. Wichtig ist, wie Gerhard Elfers in unserem Interview (siehe hier: *Denn kein Text ist je genug*, S. 177ff) richtig sagte: Regeln werden mit Bleistift geschrieben. Man muss also selber ausloten, was für einen selbst richtig ist. Aber mit den allgemeinen Regeln hat man die Basislinie und dann kann man darauf aufbauen. Nur Mut – lassen Sie sich von den kritischen Stimmen nicht verunsichern – die sind nur neidisch!

04.08.2022

Dresscode

Wer Stil ernten will, muss Wissen säen. Spätestens, wenn man auf einer dieser kruden Hochzeiten war: Männer in Zuständen des Polyesterzuschnitts, die mit ihrer Anzugjacke kreisend einen jeden Cowboy blamieren. Der Deutsche-Welle-Moderator Gerhard Elfers hat in vielen Folgen seiner Serie *Dresscode* den Männern dieser Zeit wieder Stil eingehaucht. Einmal widmet er sich dem Klassiker, genauer gesagt, seinen Details, die seine Geschichte erzählen. Wussten Sie, dass die Schnallen am Gürtel des Trenchcoats eigentlich für Handgranaten gedacht waren? Oder dass die Frontpartie verhinderte, dass beim Anlegen der Waffe der Regen in den Mantel lief?

25.08.2022

Posse

Sie wollen ein Beispiel für Rezeptionsneid? Lassen Sie uns gemeinsam auf diesen Fall Maja Göpel schauen: Da nutzt eine Fachperson für ein populärwissenschaftliches Buch einen Co-Autor, der nicht genannt werden will. Die Autorin teilt, sehr bemerkenswert, die Einnahmen 50:50 (!) mit diesem Co-Autor, der das mehrfache Angebot der Mitnennung wohl abgelehnt hat. Was ist also genau das Thema? Es ist keine wissenschaftliche Arbeit, es ist keine graduierende Abschlussarbeit einer Hochschule. Wenn Sie wüssten, was sich Menschen anderweitig großer Werke rühmen und dabei keinen Handstreich am Text gearbeitet haben, Sie würden mir benommen vom Stuhl rutschen. Das Einzige, was an diesem Fall, der gar keiner ist, deutlich wird: Der Neid sitzt bei vielen tief in allen Poren. Wie eine Eiterblase (btw: auf *YouTube* sind das Klickhits!) drückt er sich aus der Haut der sich selbst als benachteiligt empfindenden Personen. Um mehr handelt es sich hier nicht, kein Grund zur künstlichen Aufregung. Weiter im Text.

01.09.2022

Resteessen

Alfred Biolek hätte sie geliebt. Die »Farinata di Ceci« gelten in Italien als typisches »Gericht der Armen«. Man benötigt dazu nur Kichererbsenmehl, Wasser, Salz und Olivenöl. Heraus kommt ein sehr dünner Pfannkuchen, den manche auch als »Pizza«, »Cecina«, »Torta« oder »Socca« (das ist dann aber schon französisches Gebiet) bezeichnen. So oder so wird ein flaches Teigwerk daraus, das in Stücke geschnitten serviert wird. Die Farinata wird im Holzofen (ich muss kurz auf Amazon ...) in einer Auflaufform (an wen war die noch gleich verliehen?) gebacken und hat eine goldgelbe Farbe (wenn Mutter Beimer sich nicht daran versucht), die wiederum an ein Kalbsschnitzel aus Wien erinnert. Biolek resümierte in seiner Sendereihe *Alfredissimo* immer wieder, dass die einfachen Gerichte die besten seien, wenn – so betonte er besonders – sie denn aus den besten Grundzutaten entstünden. Gönnen Sie sich also einen Samstag in der Kleinmarkthalle in Frankfurt oder einer ähnlichen – wenn auch niemals vergleichbaren – Institution in Ihrer Stadt, und erstehen Sie dort das beste Olivenöl, das originalste Kichererbsenmehl und vielleicht schauen Sie auch beim Salz mal wieder etwas genauer hin. Guten Appetit!

13.10.2022

Statusfragen

Mein Freund Mangold lädt mich manchmal auf einen Espresso ein: per Privatjet nach Mailand. Doch auch Mangold spart neuerdings, allerdings auf seine ganz eigene Weise: Wir fliegen nicht mehr mit einer Cessna Citation Bravo, sondern mit einer Cessna Citation Mustang. Oder, wie Mangold sie nennt: der sozialistische Schuhlöffel. Auch Mangold möchte ein Zeichen setzen in dieser Welt. Und so zwängt er sich in den für seine körperlichen Wohlstandsdimensionen eher schmal geschnittenen Jet und verzichtet zu Hause darauf, die Kinderzimmer zu stark zu heizen. »Hier, mein Freund«, sagt er und reicht mir ein Exemplar von Alexander von Schönburgs *Die Kunst des stilvollen Verarmens.* »Könnte neue Weltlektüre werden«, fügt er an und meint: seine Welt. Mangold war schon immer Experte für Sachen, in denen er sich gar nicht auskennt. Anders als Mangold werde ich realitätsnäher sparen und mich wohl von meiner Heizung entfremden – und auf drei Pullover ausweichen.

20.10.2022

Kastanienstraße

Nach 1.758 Folgen, Cliffhängern und Sonntagsgefühlen war am 29. März 2020 Schluss: Die *Lindenstraße* lief das letzte Mal über den Äther. Die ARD hatte der Dauerserie den Hahn abgedreht. Inspiriert wurde der Erfinder Hans W. Geißendörfer von der britischen Serie *Coronation Street*. Was 1985 als Flop startete, spielte sich in die Realität der melancholischen Sonntags-BRD. Ernüchterung und das Gefühl des wenig schmeichelhaften Spiegelbilds des wirklich wahren Lebens breiteten sich aus. Dramen spielten sich ab in den Wohnungen, die nur aus Pappmaché bestanden, und in den Außenkulissen, die nie bewohnbar waren. Alles nur Fassade. Dennoch bewarben sich Zuschauer, in frei werdende Wohnungen einziehen zu wollen, und Joachim Luger alias Hans »Hansemann« Beimer wurde auf offener Straße beschimpft, weil er in der Serie Mutter Beimer verließ. Ein Teil der Handlung spielte in einer der beiden Querstraßen zur Lindenstraße. Im Gegensatz zu den Wohnungen waren diese Orte real bespielbare Sets innerhalb der Außenkulisse. Kennen Sie noch das Café Bayer, das Reisebüro Ehrlich-Reisen oder Murats Bioladen? Wo tanzten die Bewohner zu Silvester ins neue Jahr, wo hielt der Bus vor dem Akropolis? Genau: In der Kastanienstraße.

Wenn Sie etwas mehr über die Wirkung der Hörspiele von Elfie Donnelly* (hier: *Benjamin Blümchen* und *Bibi Blocksberg*) auf den politischen Sozialisationsprozess von Kindern wissen möchten, empfehle ich Ihnen den Artikel von Dr. Gerd Strohmeier aus 2005 auf den Seiten der Bundeszentrale für politische Bildung (bpb). Sie finden den Link zu dem Artikel in den Quellen des *Wikipedia*-Artikels über *Benjamin Blümchen* – oder Sie tippen ab: ***https://www.bpb.de/shop/zeitschriften/apuz/28782/politik-bei-benjamin-bluemchen-und-bibi-blocksberg/#art2***
(letzter Abruf: 20.10.2025)

*Elfie Donnelly war übrigens zeitweise die Ehefrau von Peter Lustig – ernsthaft!

03.11.2022

Benjamin Blümchen

Der sprechende Elefant meiner Kindheit, er würde dringend gebraucht, um bei der derzeitigen Briefkrise auszuhelfen. Es werden händeringend Zusteller:innen gesucht, aber nach Jahren der Flut herrscht eine schier endlose Ebbe an Bewerbenden. Vorbei die Zeiten, in denen man diese hat Kabinettstückchen vollführen lassen, um ihnen dann abzusagen. UPS hat derweil sein Bewerbungsverfahren umgestellt: keine punktuelle Prüfung lässt einen Teil des Teams werden, sondern die Bewertung der Kompetenz nach einer längeren Probephase. Die reale Welt ist derweil hart geworden. Und so ist die Folge, in der Benjamin Blümchen die Post in Neustadt austragen darf, neben der Romantisierung der Erwerbsarbeit auch das Abbild einer Zeit, in der Postboten noch Beamte mit Schirmmützen und staatstragendem Habitus waren.

10.11.2022

Currywurst

Vielleicht sind Routinen der wahre Halt im Leben. Und vielleicht gehört zu einem gelebten Leben auch die Übertretung sinnvoller ökotrophologischer Regeln. Sicher, viele haben es früher mit dem Rauchen überreizt. Manchmal wusste man nicht mehr, wer Aschenbecher und wer Mensch war. Und doch lebt es sich wohl schöner mit einem leichten Hang zu Dingen, die dem ewigen Fortgang des Lebens entgegenarbeiten. Womöglich hilft auch Erich Fromms klassische These vom Haben oder Sein. Hatte man nur oder war man auch? Nicht wenige alte Menschen sagen, sie hätten ihr langes Leben nicht gelebt, sie hätten es versäumt. Anselm Grün hat hierzu einen bemerkenswerten Vortrag auf *YouTube* gehalten: *Versäume nicht dein Leben*. Sternekoch Tim Raue, der 2016 eine Kooperation mit Hertha BSC begann, hatte für dieses Bedürfnis der Gäste im Olympiastadion wenig Verständnis. Currywurst grenze an Körperverletzung, verlautbarte Raue, dessen Restaurant mit zwei Sternen ausgezeichnet ist. Doch die Herthaner lehrten den erfolgsverwöhnten Gastronomen eines: Currywurst gehört zum Fußballspiel wie seine geschiedene Frau Marie-Anne Wild zu seinem Hauptrestaurant »Tim Raue«.

08.12.2022

Exzess

Weihnachtsfeiern sind ein fragiles diplomatisches Parkett. Als Unternehmensberater empfehle ich Ihnen: Wenn überhaupt, erscheinen Sie früh und gehen Sie früh. Damit sind Sie auf der sicheren Seite. Manchmal scheint sich das notwendige Benehmen im Geschäftsbetrieb wie ein Pendel auf die dunkle Seite der Möglichkeiten zu schwingen. Am nächsten Morgen rastet es wieder auf der Seite der Unauffälligkeit ein. Doch bis dahin muss man es erst mal ohne nachhaltigen Reputationsschaden schaffen. Denn wenn der Seniorpartner krawatteschwingend auf der Beatbox mit der Praktikantin abhottet, wissen Sie: Der Abend kippt und Sie gleich mit.

08.12.2022

Trocken

Es gibt Dinge, die man nüchtern einfach nur schwer ertragen kann. Da können Asketen sagen, was sie wollen, aber verbringen Sie mal eine Weihnachtsfeier, ohne sich hemmungslos einen reinzukippen. Das wird irgendwann himmelschreiend einsam, wenn wirklich alle sich die cerebrale Gardine zulöten, als wenn es kein Morgen gäbe. Man guckt dann an die Decke und lobt innerlich die Wandtapete, während die anderen in den Suff absinken. Die Polonaise tobt und Sie avancieren zum Volksschauspieler. Doch was soll man machen, wenn die Stimmung kocht und man selber innerlich friert? Ab einem gewissen Punkt ist die Simulation des erwarteten Zustands die beste Form der Authentizität.

19.01.2023

Ersatz

Sex, Saufen, Fressen, Rauchen. Alles Bedürfnisse, denen mittlerweile mehr oder minder die zeitgenössische Erkenntnis des sinnvollen Verzichts für ein langes Leben anhängt. Konsum ist in unserem Spätkapitalismus zu einer Art Allroundbefriedigung avanciert. Wenn schon in vielschichtiger Weise asketisch lebend, dann darf das wenigstens durch die (leider nur kurzzeitige) Befriedigung des Kaufes von Lippenstift und allerlei anderen Schönheitsartikeln kompensiert werden. Und in Zeiten der wiederentflammten, schichtübergreifenden Vorzeigemonogamie muss auch der sexuelle Trieb des Menschen sinnvoll gelenkt werden. Thomas Fischer beschreibt es genial: Das Vortäuschen sexueller Verfügbarkeit. Man brezelt sich auf, ist dann aber gar nicht verfügbar, weil schon längst vergeben, und täuscht so etwas vor, was gar nicht zu haben ist.

09.02.2023

Gestank

Wegen Ulrich Kienzle und seines Gegenparts Bodo H. Hauser habe ich für einen Schulaufsatz, in den ich beide integriert hatte, eine schlechte Note bekommen. In so einen Aufsatz gehörten keine realen Personen, so die Begründung. Mir hat das damals ziemlich gestunken, und ich verstehe es bis heute nicht. Ulrich Kienzle selbst stank etwas ganz anderes: Blumen. Die röchen ein paar Tage später wie Scheiße, offenbarte er in der SWR-Sendereihe *Krause kommt*. Pierre Krause besuchte das Ehepaar just nach deren Einzug in ihrer Wiesbadener Wohnung. Der stille, introvertierte Kienzle mit dem markanten Schnauzer und seine quirlige, grell geschminkte und herzlich drauflos-redende Ehefrau Ilse. Lilien seien das gewesen, die so gestunken hätten, ergänzt Ilse Kienzle ohne Gram. Wenn man auf der sicheren Seite sein will, verschenkt man besser keine Stinkblumen. Am Blumenwasser sollte man ein paar Tage später sowieso nie riechen.

16.02.2023

Notkostüm

Ich gehe auf die 40 und damit konsequent auf die Midlifecrisis zu. Aber das soll nicht unser Thema sein, wenngleich es zeigt, wie lange meine Kindergartenzeit her ist. Mehr als 30 Jahre sind vergangen, seitdem man sich in merkwürdige Kostümierung steckte und fröhlich durch die Gegend tanzen sollte. Nun ja, Schwamm der Vergangenheit darüber. Ich möchte Ihnen aber von einem anderen Jungen aus meinem Kindergarten berichten. Er hatte entweder den Termin vergessen oder aber die Eltern legten keinen Wert auf Fasching. Noch wahrscheinlicher: Sie hatten kein Geld dafür übrig. Und so kam der Junge ohne Kostüm und wurde dafür, pädagogisch höchst wertvoll, erstmal von den Erzieherinnen zusammengeschissen. Eine ältere Erzieherin, mein Idol Frau T., bastelte ihm dann fix ein Notkostüm. Als Uhr. Das ganze Bemühen, ihm den Tag zu retten, quietschte aber wie Eisenbahnräder in einer Kurve. Ich sehe ihn noch heute dort als »Uhr« verloren stehen. Möge die Zeit ihm später mehr gewogen gewesen sein.

23.02.2023

Offenbach

Kennen Sie Grünwald? Diese Reichenenklave bei München. Was da besonders auffällt? Dass die, die am meisten haben, am wenigsten geben wollen. Hohe Mauern, Kameras und besorgte Blicke, wenn man durch die Straßen geht, statt im SUV zu fahren. Ganz anders Offenbach am Main. Diese Stadt neben Frankfurt am Main hat sich zu einer pulsierenden, hippen Szenestadt entwickelt. Hier erlebt man Gastfreundschaft. Man bekommt Tee gereicht und wird nicht ausgestoßen, nur weil man fremd ist. Denn hier waren es die meisten mal. Man lernt, miteinander zu leben statt gegeneinander, man lernt, dass die Welt mehr ist als nur der eigene Blickwinkel. In Offenbach erlebt man kulturelle Vielfalt! Wie miefig deutsche Heimat früher war, lesen Sie derweil in Andreas Maiers neuem Roman *Die Heimat*. Er seziert und analysiert schonungslos ehrlich seine Herkunft aus der hessischen Wetterau, die früher alles andere war als kosmopolitisch.

09.03.2023

Tonne

Wir waren eine Straße zu weit umgezogen, was dazu führte, dass ich nicht die großbürgerliche weiterführende Schule besuchen durfte, sondern in der Orientierungsstufe Hannover-Hainholz landete. Nach vier Jahren auf einer Öko-Grundschule, an der soziales Leid kein Thema war, plumpste ich unversehens in ein Schulzentrum an einem sozialen Brennpunkt. Es war eine andere Welt. Armut, Verrohung, Gewalt, fehlende elterliche Fürsorge. Das kannte ich nur aus dem Fernsehen. Kinder, die Hunger hatten und die Schulpizza gierig verschlangen. Kinder, die immer noch nicht richtig lesen und schreiben konnten. Dieser zweijährige Blick in den sozialen Abgrund hat mich Demut gelehrt. Daher schätze ich Jim Hensons »Sesamstraße« nicht nur für Figuren wie den mürrischen Oskar aus der Tonne. Dieser Griesgram, der seinen Müll mehr mag als die Menschen und doch immanenter Bestandteil des Sozialgefüges ist. Denn diese Fernsehserie gibt armen Kindern – übrigens bis heute! – eine letzte Chance auf Bildung.

23.03.2023

Dauerbrenner

2018 übertrug John, ein Sohn von Georges Simenon, dem frisch gegründeten Kampa-Verlag in Zürich die Rechte am unglaublichen Œuvre seines Vaters, bestehend aus den Maigret-Krimis und Non-Maigrets. Damals noch im Souterrain seines Wohnhauses gelegen, konnte der Verlag von Daniel Kampa gleich mit Erfolg aufwarten. Simenon, der Maigret Ende der 1920er Jahre erfand, ließ ihn in 75 Romanen und 28 Erzählungen erscheinen und sukzessive Fälle lösen. Mehr als 40 Jahre begleitete den belgischen Schriftsteller jener weise Ermittler mit stämmiger Figur, Hut, Pfeife und dem typischen Trenchcoat, der im Wind weht, während sein Besitzer in stoischer Ruhe seine Fälle löst. Entgegen dem Whodunit-Prinzip lag Simenons Intention auf den psychologischen Konstellationen eines Verbrechens. 2018 begann Walter Kreye mit der Neuvertonung des Simenon Gesamtwerks. Kreye, auch in seiner Rolle als Kommissar in *Der Alte* bekannt, stand gerade auf der Leiter seiner Bibliothek, als ihn, den Maigret-Leser, die Sprecher-Anfrage per Telefon erreichte.

13.04.2023

Leeres Ritual

Es ist die völlige Erosion des integren Verhaltens gegenüber sich selbst. Menschen lügen, ohne mit der Wimper zu zucken, um auf ihr zu stehen. In dem Wort »Gästeliste« schwingen 1.000 Gefühle der in Aussicht gestellten Erhabenheit gegenüber der breiten Masse mit, so dass man sich fragt, wer diesen Marketingtrick erfunden hat. Koksdealer? So sinnlos Drogen sind, so sinnlos ist auch dieses leere Ritual, das keinen Pfifferling wert ist, aber Menschen die Illusion der Relevanz geben kann – in einem Umfeld von der Beständigkeit einer Eintagsfliege. Bei König Charles III. stand beim Staatsbankett im Schloss Bellevue sogar Campino auf der Gästeliste. Oder, wie man auch sagen könnte: das Beste, was einem Frack passieren kann.

Sehr gerne empfehle ich Ihnen die Autobiographie von Alfred Biolek, die er zusammen mit Veit Schmidinger verfasste. Das Hörbuch wurde von dem grandiosen Gerd Wameling eingelesen.
Auch Bioleks Reise in seine Vergangenheit lege ich Ihnen gerne ans Herz. Der Titel ist nur noch antiquarisch erhältlich: Alfred Biolek. *Meine Heimat Europa: Reisen-Begegnen-Erinnern*.
Übrigens hat Alfred Biolek einigen Künstler:innen den Weg in den europäischen Markt geebnet, beispielsweise Kate Bush.

20.04.2023

Bio’s Bahnhof

Als Sammy Davis jr. sich 1982 für *Bio’s Bahnhof* ankündigte, war man im Frechener Eisenbahndepot auf alles vorbereitet, um den Superstar würdig zu empfangen. In dieser außergewöhnlichen Musikshow, in der spätere Stars wie Kate Bush und Sting ihre ersten TV-Auftritte in Deutschland hatten. Durch den Bahnanschluss konnten die Stars per Zug an das Bühnengleis gefahren werden. Mit einem Wunsch des amerikanischen Sängers rechnete man aber nicht: Portwein. In seiner Not rief Alfred Biolek Milva an, die dann mit dem Port aus dem Hotel zum Depot eilte. Und da man keine Portweingläser hatte, verkaufte der findige Jurist Biolek dem Weltstar eine Kölschstange als regionales Portweinglas. Davis nahm keinen Anstoß daran, im Gegenteil: Er würdigte die Show on stage so: »Ich muss sagen, dass dies die außergewöhnlichste und am wunderbarsten gemischte Fernsehshow ist, in der ich jemals die Ehre hatte, auftreten zu dürfen.« Bio hörte kurz danach mit der legendären Show auf.

27.04.2023

Vergiftung

Eher nicht, antwortete der frühere Chef-Lektor des Suhrkamp-Verlags, Raimund Fellinger, auf die Frage, ob jemand das angebotene Typoskript von Umberto Ecos *Der Name der Rose* gelesen habe. Der Semiotik-Professor hatte bei Suhrkamp zwei nur mäßig gehende Wissenschaftsbücher veröffentlicht und die Skepsis war groß, als er mit seiner Honorarforderung von 15.000 Mark vorsprach. Verleger Unseld bot 12.000 Mark und ließ es dabei bewenden. Eco auch und ging zum Hanser-Verlag. Der Rest ist Geschichte: Der Roman um mysteriöse Mordfälle in einer Benediktinerabtei hatte rasenden Absatz und wurde mit Sean Connery verfilmt. Ob er bei Suhrkamp auch so gezündet hätte?

15.06.2023

Piloten

Entgegen der überidealisierten Darstellung in den sozialen Medien, nach der Piloten ein allumfassendes Traumleben führen, herrschen im Cockpit Gefahren durch Sonneneinstrahlung. Denn wer tagtäglich in der knallenden Sonne sitzen muss und sich mit Sunshields (und den Cockpitscheiben) nicht komplett dagegen schützen kann, hat ein erhebliches Gesundheitsrisiko für die Erkrankung an Hautkrebs. Ideal wäre es, das fliegende Personal betriebe Hautschutz wie am Strand: Sunblocker drauf, regelmäßig auffrischen. Doch wer macht das schon? Sie ahnen es: die wenigsten. Wie bei der Feuerwehr: Jahrzehntelang galt es als ein heroisches Signet, mit der verrauchten Einsatzkleidung zur Wache zu fahren. Die hohen Krebszahlen sorgten für die Conclusio, dass in der heroischen Geste der Tod liegt. Cremen Sie um Ihr Leben!

22.06.2023

Notfall

Sie alle kennen diese Luke mit der typischen Form, eingelassen in eine Glastür. Dahinter eine müde, kitteltragende Person. In der Spitzenzeit des Schnupfens gar selber krank. Jeder stand schon bibbernd, aber nicht wegen der klimatischen Temperatur, vor einer Apotheke, die verpflichtend einen Notdienst anbieten muss. So sind in der Bundesrepublik rund 1.300 Apotheken jede Nacht geöffnet. Für manch einen eine Rettung. Wenn der Durchfall pressiert, die Migräne im Kopf kickt wie ungestüme Kreisligaspieler oder etwas danebengegangen ist. Das Geschäftsmodell der Apotheke ist nahezu obsolet, das kann man sehen. Doch bei der Pille danach ist sie Rettung für Frauen. Irgendwann wird aber auch dieser Gang obsolet sein: Dann kommt die Pille per Drohne, denn die wird niemals müde.

27.07.2023

Arbeitsschutz

Wahrscheinlich ist der Mittagsschlaf so alt wie die Menschheit. Sein Ruf ist in westlichen Industrienationen aber ein schlechter. Wer Pause macht, verliert, sagt mein Freund Mangold oft – und meint damit allerdings nur seine Angestellten. Als Vorstandsvorsitzender einer Aktiengesellschaft hat er sich selbst ein Couchensemble in sein Büro gestellt. Denn nach einem leckeren Sushi, begleitet von wohltemperiertem Sake, legt er sich gerne mit dem aktuellen *manager magazin* auf die Couch und ein Nickerchen ein. Aus der Sicht des Arbeitsschutzes kann ein Mittagsschlaf, wie von Ärzten gefordert, nur befürwortet werden. Müdigkeit begünstigt Unfälle immens. In der Luftfahrt spricht man vornehm von »Fatigue« als Unfallursache. In vielen Fällen ist Übermüdung zumindest ein Faktor für den Crash, weswegen auf Langstrecken das Cockpitpersonal rotiert und obligat Schlafpausen einlegen muss, um die Landung nicht in einem Desaster enden zu lassen.

24.08.2023

Handke

Für den Literaturnobelpreisträger Peter Handke war es eine Entdeckung, eine neue Art des Schreibens, die bei ihm gleichbedeutend mit seiner Existenz ist: das Schreiben mit der Hand – mit Bleistift oder Kuli. Aber auch mit orangefarbenen *Mitsubishi*-Finelinern sieht man ihn. Tausende Schreibgeräte sind es wohl, die er über die Jahrzehnte benutzt hat, um seine Bücher und Hunderte Notizhefte zu füllen. Handke wollte in die Natur, und lange vor Smartphones war das Schreiben mit Hand und Papier die einzige mobile Option. Und da Handke selbst und seine Texte eine Verschmelzung mit der Natur sind, wirkt der Bleistift bis heute als Zündfunke seiner literarischen Existenz. In seinem Haus in Chaville bei Paris erspäht man unzählige Schreibgeräte; sie liegen überall, auch im Garten, wo sie sich mit der Natur wieder vereinen. Auch einen Buchtitel widmete er seinem Urwerkzeug: *Die Geschichte des Bleistifts*. Es ist eine textliche Skizze menschlicher Gegenwartsexistenz.

18.01.2024

Romantisch

Die Liebe fährt auf großen Rädern, könnte man sagen. Denn wenn sich, wie in Berlin-Friedrichshain, die jungen Leute klimaneutral im Café treffen, herrschen auf dem Land noch ganz andere Riten. Und mit »Land« ist nicht etwa der Berliner Speckgürtel gemeint, in dem sich überbezahlte Büroarbeitende aus der Berliner Mitte einnisten, um jetzt endlich, endlich mal so richtig leben zu können, sondern das wirkliche Landleben, fernab der Großstädte, Dating-Apps und veganen Donuts. Wenn dort ein junger Mann eine junge Frau (und nicht andersherum) nach dem Kennenlernen auf dem lokalen Volksfest ausführen will, geschieht das weder auf einem E-Roller noch im tiefergelegten 3er *BMW*. Der Traktor ist das Fortbewegungsmittel der Wahl, welches die Angebetete unter anderem davon überzeugen soll, sich für den Jungen zu entscheiden – oder eben nicht. Welche Motorisierung? Welche Zusatzausstattung? Fahrkünste auf offenem Feld? Für ein städtisches Schreibtischbienchen wie mich wirkt das fast sehnsuchtsweckend romantisch.

25.01.2024

Oma-Faktor

Es ist dieser absolute Großelternmoment, wenn man mit dem randvoll beladenen Auto zu Weihnachten in die Provinz fuhr: Die dicken Daunendecken überzogen von immer viel zu klein wirkenden Frotteebezügen, die piksten und dabei doch die Haut streichelten. Es ist eine Prolongation bedingungsloser Harmonie aus Kindertagen, die diese Daunenriesen ausstrahlten, wenn man sie sich wie einen Weltpanzer überlegte. Warum man diese monströsen Daunenfüllungen nur bei den Großeltern fand, ist wohl eine Frage für Marketingexperten. Großeltern und ihre antiquierten Riten und Ausstattungen sind aber für viele Menschen ein Hort scheinbar verlorener Sicherheit. Joachim Meyerhoff berichtete in seinem grandiosen Roman *Ach, diese Lücke, diese entsetzliche Lücke* voller Liebe über sein kurioses Großelternpaar in München. Und auch in der digitalen Welt gibt es Großeltern, die für viele einen emotionalen Rettungsanker darstellen: Man denke an Oma und Opa des Streamers Montanablack.

01.02.2024

Postbetrug

1991 erschien John Grishams Roman *Die Firma* über den ehrgeizigen Jura-Studenten Mitch McDeere, der sich aus schwierigen Verhältnissen zu einem der besten Jura-Absolventen in Harvard hochgekämpft hat. Er wird von den großen Kanzleien umworben, entscheidet sich aber anders: Die kleine Wirtschaftskanzlei *Bendini, Lambert & Locke* überzeugt McDeere, in den beschaulichen Süden des Landes, nach Memphis, Tennessee, zu ziehen. Anfangs scheint alles perfekt, der Süden der USA wirkt ruhiger und familiärer. Doch die Realität sieht anders aus: Die Firma erledigt größtenteils Arbeit für die Mafia, alles ist Fassade, weswegen Grisham die Kanzlei auch in die Front Street setzte. Am Ende wird ihr nichts Komplexes zum Verhängnis, sondern das Verschicken überhöhter Rechnungen an die Mandanten: Postbetrug.

15.02.2024

Stutz

Für die einen ist er der zentrale Platz ihres Akklamationsbegehrs, für andere der dieses Jahr champagnerfarbene wirklichgewordene Albtraum: Der »red carpet« bei den Academy Awards, oder: Oscar Preisverleihung. Mit 60.000 Dollar Mindestgage wurde Jonah Hill 2013 in *The Wolf of Wall Street* an der Seite von Leonardo DiCaprio und unter der Regie seines Idols Martin Scorsese weltberühmt. Doch der Ruhm wurde durch den Gang über den blitzlichtreichen Teppich nicht etwa gekrönt, sondern stellte für den unter Angstzuständen leidenden Hill einen symptominnervierenden Spießrutenlauf dar. Mit seinem Therapeuten drehte er dann für *Netflix* den Dokumentarfilm *Stutz* über sich und seine Therapie. Eine wichtige Erkenntnis war, dem scheinbar unausweichlichen Gang über den Teppich eine dauerhafte Absage erteilen zu müssen.

29.02.2024

Erste Hilfe

Als Ausbilder für Erste Hilfe kann ich versichern, Sie sollten nicht alles glauben. Zecken sollten auf gar keinen Fall erhitzt oder mit Kleber »erstickt« werden! Rund 10 bis 30 Prozent der Zecken können eine Borreliose, rund fünf Prozent FSME übertragen (Impfstoff verfügbar). Durch unsachgemäße Entfernung der Zecke kann es erst recht zum Risiko kommen. Die Zecke soll so zeitnah wie möglich zum Beispiel mit einer Zeckenkarte gemäß Herstellervorgaben komplett entfernt werden. Vermeiden Sie ein Quetschen oder Abreißen der Zecke! Merken Sie sich die Stelle und notieren den Zeitpunkt. Wenn Unsicherheiten bestehen, ob die Zecke vollständig entfernt wurde, Ihnen die Entfernung nicht gelingt oder Sie sich unsicher sind, suchen Sie einen Arzt auf. Bei einem etwaigen Symptomauftritt gehen Sie umgehend zum Arzt! Diese Glosse kann das Thema nicht allumfassen, doch die Deutsche Gesetzliche Unfallversicherung bietet wichtige Informationen kostenfrei als PDF in der *DGUV Information 214-078*.

07.03.2024

Seitenbacher-Spot

Wenn Willi Pfannenschwarz in den Keller geht, tut er etwas, wovon ihm jeder Marketingprofi abraten würde. Ähnlich wie sich viele die Haare rauften, als Benetton in den Neunzigern mit den beeindruckend verstörenden Fotografien von Oliviero Toscani warb – und damit bis heute im Gedächtnis blieb. Und darum geht es bei Werbung: Die Marke soll im Gedächtnis des Homo consumens bleiben, während dieser von allen Seiten mit Kaufanreizen überflutet wird. Der Erfolg kommt daher, eine Sache ganz anders zu machen. Wenn Unternehmer Pfannenschwarz sich also in seinem Keller in eine kleine Kabine, die als Tonstudio dient, setzte, dort seine Werbespots selbst einsprach und produzierte, schuf er etwas, das zwischen Originalität und Peinlichkeit lag. Aber er verlieh seinem Produkt eine ganz eigene Note. Obgleich die meisten Menschen Pfannenschwarz' Radiowerbespots als eher nervig beschreiben würden, tun sie anschließend aus der Sicht von Pfannenschwarz genau das Richtige: Sie greifen zu einer Müslimischung von Seitenbacher.

30.05.2024

Leatherman

Je mehr Übung man hat, desto weniger *Devices* braucht man, sagt man sich im Rettungsdienst. Junge Kollegen haben die Tendenz, einen halben Rettungswagen in ihren Taschen und an ihrem Gürtel zu tragen und damit das auszugleichen, was sie nicht haben: Routine und Erfahrung. Über die Jahre werden sogenannte Holster und Übergürtel auf der Wache gelassen, weil man merkt, dass es doch anstrengend ist, so viel Material mitzuschleppen, das man, wenn man ehrlich zu sich wäre, gar nicht wirklich (oft) braucht. So sind die materiellen »Abrüstungstendenzen« ein Zeichen der beruflichen Reifung. Damals, vor dem Internet, als die USA noch weiter entfernt waren als heute, war ein Leatherman etwas ganz Besonderes. Ein damals unglaublicher Preis und der Nimbus der handwerklichen Universallösung. Ich trug stolz ein Imitat am Gürtel, mehr war beim damaligen Salär nicht drin. Heute könnte ich mir Leathermans en masse leisten – brauche sie aber nicht mehr, der Erfahrung wegen.

* im Steidl-Verlag ist ein wunderbares Bücherset unter dem Titel *Old Mills Never Die* erschienen

20.06.2024

Clogs

Sicherheit ist relativ, wenn es nach einigen Notärzten geht. Einer, mit dem ich viele Einsätze fuhr, trug wider besseres Wissen auch an den heikelsten Einsatzstellen voller Inbrunst seine Clogs oder *Birkenstocks*. Hölzern staksend bahnte er sich seinen Weg zu den Patienten, die er ebenso hölzern behandelte. Nach Jahren blicke ich auf sein Gesamtbild mit einem Empfinden der Kreisschlüssigkeit. *Birkenstock** – oder deren dem Einkommen im Gesundheitswesen eher entsprechenden No-Name-Ableger – werden gern getragen und treiben Arbeitsschützern Schweißperlen auf die Stirn. Sämtliche Wege werden mit diesen leichten – wie sagt man korrekt, Sandalen? – zurückgelegt, das wimmernde Fersenriemchen achtlos heruntergetrampelt. Auf Treppen mit Schnee oder auf frisch gebohnerten OP-Böden, die Träger des offenen Halbschuhs bewegen sich mit einer gebieterischen Sicherheit in dieser, für mich, Schuhsimulation. Aber wie bei so vielem: Der Glaube scheint Berge zu versetzen.

Wussten Sie, dass die Küche in der Sendung *Alfredissimo* exakt nach Alfred Bioleks echter Küche in der Kölner Innenstadt nachempfunden wurde? Nur die Fliesen waren nicht echt (weil sonst zu schwer) und sämtliche Schränke hatten zur Spiegelungsvermeidung keine Glaseinsätze.
Sie wollen einmal die echte Küche sehen?
Hier: *https://www.houzz.de/magazin/houzzbesuch-viel-weiss-in-einer-koelner-maisonette-auf-vier-stockwerken-stsetivw-vs~34714016*
(letzter Abruf: 20.10.2025)

*und der mittlerweile öffentlich ausgestellt wurde

21.11.2024

Biolek

Die besten Partys beginnen und enden in der Küche. Perfektioniert hat dieses Prinzip der große Meister des guten Gesprächs – Alfred Biolek. Oft gescholten, er sei mit seinen Gästen viel zu lax umgegangen. Doch dieser distinguierte Herr, der sich selbst als Rotwein charakterisierte und erst im Alter zu bester Form auflief, wollte gar keine Interviews führen – sondern Gespräche. Und so sagten seine Gäste oft mehr, als sie es normalerweise taten, und kamen, wie im Fall von Helmut Kohl, überhaupt erst in eine Talkshow. Trainiert hat Alfred Biolek seinen späteren Beruf in seinen Wohnungen, wenn er dort in geselliger Runde kochte und redete. Der Küchentisch, das Epizentrum des gemeinsamen Seins, war für Biolek so wichtig, dass er sich ein Stück davon in einen Siegelring fassen ließ, den er bis zu seinem Lebensende 2021 getragen hat.*

05.12.2024

Sake

Sake kann man kalt trinken oder heiß – aber dann nur bei maximal 55 Grad! Wenn er heiß serviert wird, spricht man auch von einem »heißen Stein auf dem Bauch«. Dieser warme – wahlweise kalte – Stein auf dem Bauch wird fälschlicherweise oft als »Reiswein« übersetzt, ist doch aber dem Bier viel näher als dem Wein. Und noch weniger nah ist er dem Schnaps, da Sake nie destilliert wird. Und so saß Sean Connery als – aus heutiger Sicht emanzipativ-behavioral recht merkwürdig handelnder – James Bond in dem 007 Streifen *Man lebt nur zweimal* in einer U-Bahn mit dem japanischen Geheimdienstchef Tanaka, genannt »Tiger«, und schlürfte Sake. Natürlich wusste der kosmopolitische Bond nicht nur, bei welcher Temperatur Sake serviert wird, sondern auch, bei welcher er Sake gern trinkt. Sake ist gut gealtert, Männer wie Bond, nicht.

Lesetipp:
Das *Brandschutzlehrwerk* von Jan C. Behmann liegt in deutscher und englischer Sprache vor und gibt spannende Einblicke in den Brandschutz und die Entstehung und Verhinderung von Katastrophen: *edition-behmann.de/shop*

19.12.2024

Feuer

TUN SIE ES AUF GAR KEINEN FALL!
Nutzen Sie während eines Brandalarms niemals den Aufzug. Denn die Wahrscheinlichkeit, dass der Aufzug auf der Etage hält, wo das Feuer tobt, ist groß, da auch dort Menschen reflexhaft den Aufzugknopf gedrückt haben – denn wer nimmt vom 30. Stock aus schon regulär die Treppe? Sobald sich die Türen öffnen, wird Ihnen ein Sicherheitsmechanismus zur Falle. Die Lichtschranke in den Türen detektiert den eindringenden Rauch als physisches Objekt und blockiert das Schließen der Türen. Was im Regelfall verhindert, dass Menschen eingeklemmt werden, wird bei einem Brand zur tödlichen Falle. Da der Brandrauch dunkel, dicht und hochtoxisch ist, verlieren Sie sofort die Orientierung, werden nach zwei Atemzügen bewusstlos – und sterben. Der Düsseldorfer Flughafenbrand 1996 war der traurige Beweis hierfür. Normalerweise sollten während eines Brandalarms die Fahrstühle automatisch außer Betrieb gehen. Doch was ist bei Katastrophen normal?

09.01.2025

Flugzeug

Es ist ein Naturgesetz: Stimmt die Verteilung des Gewichts in einem Flugzeug nicht, kann es nicht (sicher) starten oder sich in der Luft halten. Nachlässige Privatpiloten (Sonntagsflieger) merken das, wenn sie es beim Start von der Zahnärztefortbildung nur knapp über den Zaun des Flugplatzes schaffen, weil die Beladung mal wieder nicht gerechnet, sondern geschätzt wurde – und das in der Regel gefährlich wohlwollend. Dabei gibt es dafür standardisierte Formeln, nachzulesen im Flug- und Betriebshandbuch. In der kommerziellen Fliegerei übernimmt die Abteilung *Weight & Balance* diese Arbeit und erzielt, obwohl natürlich nicht jeder Fluggast einzeln gewogen wird, sichere Ergebnisse. Von einem spontanen Treffen aller Passagiere in der hinteren Galley (Bordküche) ist dennoch abzuraten – falls Sie den kostenlosen Champagner lebend genießen wollen.

Lesetipp:
Das Erste-Hilfe-Lehrwerk von Jan C. Behmann liegt in deutscher und englischer Sprache vor und gibt spannende Einblicke, wie man im Notfall richtig handelt: *edition-behmann.de/shop*

05.01.2023

Atemstillstand

Die Unsicherheit ist groß. Atmet die Person nicht mehr oder vielleicht doch noch? Man kann von Menschen, die mit so einer Situation das erste Mal konfrontiert sind, nicht verlangen, dass sie sofort reüssieren. Doch die Reanimation verlangt entschiedenes Handeln! So spricht man von »nicht normaler Atmung« statt »keiner Atmung«. Denn ein Mensch, der frisch einen Herz-Kreislauf-Stillstand erleidet, hat eventuell eine »Schnappatmung«. Letzte vereinzelte Atemzüge, bevor die Atmung ganz aussetzt. Auch in dieser Situation muss bereits mit einer Reanimation begonnen werden. Nur wenn eine Person normal ein- und ausatmet, muss nicht reanimiert werden. Oft sind Ersthelfende aber zu zögerlich und unterlassen die Reanimation. Das bedeutet für die zu reanimierende Person oft den Tod. Denn wenn ein Reanimationspatient bis zum Eintreffen des Rettungsdienstes unbehandelt »liegenbleibt«, hat er in der Regel kaum noch Überlebenschancen.

05.01.2023

Beatmung

Ja, einen fremden Menschen zu beatmen, das kann eine echte Herausforderung sein. Zumeist finden Reanimationssituationen aber im häuslichen Umfeld statt. Generell und schon immer ist die Beatmung aber freiwillig. Geschulte Ersthelfende sollten sie durchführen können, aber wie jeder andere Helfende kann auch ein Ersthelfender entscheiden, ob er das potenzielle (Infektions-)Risiko eingeht. Der Kopf des Patienten wird leicht überstreckt, der Mund oder die Nase umschlossen und dann der Patient zweimal nacheinander jeweils eine Sekunde lang beatmet, sodass sich sein Brustkorb hebt. Wenn man sich gegen die Beatmung entscheidet, kann man auch ausschließlich die Herzdruckmassage in einer Frequenz von 100-120 pro Minute durchführen. Denken Sie dabei an *Stayin' Alive* von den Bee Gees, um die Frequenz zu halten.

05.01.2023

Defibrillator

»Achtung, Schock! Weg vom Tisch!« Wer kennt diesen Ausruf nicht aus dem Fernsehen? Dort ist vieles übertrieben oder falsch, aber dieser Ausruf stimmt. Als ich das erste Mal einen Menschen defibrilliert habe, wirkte die Szene daher eher surreal. Nur »springen« die Patienten bei der Schockabgabe nicht einen halben Meter hoch – da haben wir wieder die Übertreibung im Fernsehen. Eine Defibrillation dient dem therapeutischen Zweck, ein lebensbedrohliches Herzkammerflimmern zu unterbrechen. Auch für Laien und Ersthelfer gibt es seit mehr als zwei Dekaden ein geeignetes Gerät: den Automatisierten Externen Defibrillator, kurz AED. Dieser wird mittels zweier Klebeelektroden am Oberkörper an den Patienten angeschlossen, misst im EKG die Notwendigkeit eines Schocks und gibt bedarfsweise einen Schock frei. Benutzt werden dürfen diese AEDs in Deutschland übrigens von jeder Person – auch ohne Einweisung als Anwender. Wichtig ist, dass der AED kein Ersatz für Herzdruckmassage und Beatmung ist, sondern eine Ergänzung! Für einen effektiven Einsatz des AED müssen mindestens zwei Helfer anwesend sein.

05.01.2023

Kinder-Reanimation

Es gibt im Rettungsdienst wenig, worum sich ein so kalter, dunkler Mantel des Schweigens hüllt. Nur wenige Kollegen erleben diese Situation, die einem emotional das Blut in den Adern gefrieren lässt. Kollegen, die mir von Momenten erzählten, in denen einem Kind nicht mehr zu helfen war, bekamen einen starren Blick. Doch könnten Kinder-Reanimationen oft einen besseren Ausgang haben, wenn Eltern und Erzieher sofort mit der Reanimation beginnen würden, statt aus Angst vor Fehlern nichts zu tun. Merken Sie sich also: Egal wie alt die Person ist, starten Sie die Reanimation umgehend! Nur nichts zu tun, kann die Situation noch schlechter werden lassen, als sie schon ist.

05.01.2023

Mut

Einem Menschen das Leben zu retten, bedeutet, Mut zu haben. Eine Reanimation ist eine körperliche und seelische Meisterleistung. Es setzt eine besondere Courage voraus, diese Aufgabe anzunehmen, womöglich sogar in der Öffentlichkeit. Vor anderen, an einem Menschen, den man gar nicht kennt. Oder sehr gut kennt. Ich ermutige Sie, mutig zu sein! Aber ich verstehe es auch, wenn Sie zögern sollten. Wenn Sie Sorge wegen der Herzdruckmassage haben. Wenn Sie Angst haben. Das ist ganz normal. Doch ich kann Ihnen auch sagen, dass Sie der »Gamechanger« für die Situation sind. Auf Sie und niemanden sonst kommt es an. Seien Sie ein Held!

05.01.2023

Notarzt

Ärztlichen Einsatz zu respektieren, kann nicht schaden, sind es doch auch Menschen. Leider hilft dieser Respekt im Fall einer Reanimationssituation nicht, weil Menschen denken, der Notarzt sei der eigentliche Gamechanger und man solle den Patienten erst einmal »in Ruhe« lassen, bis der Doktor da sei. Im Fall einer Reanimation ist dies aber genau falsch. Bei einer Reanimation kommt es immer auf die schnellstmögliche Einleitung der Maßnahmen durch umstehende Personen an – egal ob Laien oder Ersthelfende. Weder Mitarbeiter des Rettungsdienstes noch der Notarzt können dieses »therapiefreie Intervall« durch medizinische Maßnahmen wiedergutmachen. Auch kein Rettungshubschrauber. Der Sauerstoffmangel durch den Herz-Kreislauf-Stillstand tötet den Patienten unaufhaltsam und lässt seine Überlebenschance von Minute zu Minute rapide sinken. Also nicht auf vermeintlich oder wirklich qualifiziertere Personen warten!

05.01.2023

Qual

Wer die innere Qual der Ahnungslosigkeit überwinden will, sollte regelmäßig, am besten alle zwei Jahre, einen Erste-Hilfe-Kurs besuchen und sein Wissen auffrischen. Nein, der Motorradhelm muss nicht zwangsweise auf dem Kopf bleiben, sondern bei Bewusstlosigkeit des Patienten abgenommen werden, um die Vitalparameter zu prüfen und gegebenenfalls lebensrettende Maßnahmen einzuleiten. Auf die (vermeidbaren!) Brandwunden zu Silvester gehört kein Mehl, und Rippen bohren sich bei der Herzdruckmassage nicht automatisch in die Lunge. Diese »Mythen« der Ersten Hilfe halten sich leider hartnäckig. Sich in desaströse Eventualkomplikationen zu flüchten, ist psychoanalytisch derweil ein verständlicher Mechanismus der Seele, sich irgendwie rational begründbar und dabei moralisch sauber aus dieser (für jeden) überfordernden Situation zu manövrieren. Doch man kann es drehen und wenden, wie man will: Nur Helfen hilft dabei, Menschen zu retten.

*Es freut mich extrem, dass der von mir reanimierte Mensch ein sehr aktives, zufriedenes Leben führt. Die Person meldet sich regelmäßig, bspw. zu Weihnachten und Ostern, bei mir.

05.01.2023

ROSC

2018 habe ich einen Menschen* vor einer Autowerkstatt reanimiert. Erst dachte ich, meine Mitarbeiter wollten mir einen Streich spielen. Der Patient klagte lehrbuchmäßig über Schmerzen in der Brust und wurde gleich bewusstlos. Ich legte ihn auf den Asphalt, kontrollierte seine Atmung, die nicht mehr vorhanden war, und startete unverzüglich die Herzdruckmassage. Und wie nicht selten von Reanimationen berichtet wird, die direkt nach Eintritt des Herz-Kreislauf-Stillstands begonnen wurden, hatte der Patient kurze Zeit später einen ROSC: *Return Of Spontaneous Circulation*. Er lebte wieder und weiter. Ohne mich wäre der Mann schon vier Jahre tot. So etwas können Sie auch leisten! Sie brauchen Mut, Wissen und zwei Hände.

*von Prof. Böttiger und mir ist mittlerweile im Springer Nature Verlag das spannende Buch *Richtig handeln beim Herzstillstand* erschienen. Weitere Informationen: *edition-behmann.de/shop*

05.01.2023

Seitenlage

Wenn Professor Bernd Böttiger* (Uniklinik Köln) Vorträge über Reanimation hält, halten Fachkollegen scheinbar den Atem an. Denn die jahrzehntelang gepriesene Stabile Seitenlage ist dem Anästhesisten, einer Koryphäe, ein Dorn im Auge. Oft denken Ersthelfer, sie hätten eine Art »Wahl«, ob sie reanimieren oder »sicherheitshalber« doch erst mal nur die Seitenlage machen. Für Patienten, die reanimationspflichtig sind, ist das lebensgefährlich. So berichten Rettungsdienstler und Notärzte, dass sie Reanimationspatienten oftmals in der Stabilen Seitenlage vorfänden. Der Sauerstoffmangel ist dann schon unaufhaltsam fortgeschritten. Sie sterben oder erleiden schwerste Hirnschäden. Nur wenn der Patient bewusstlos ist und wirklich atmet, ist die Seitenlage die richtige Wahl.

05.01.2023

T-CPR

Erinnern Sie sich noch an die Notruf-Folgen mit Hans Meiser bei RTL? Bei den Fällen aus den USA erlebte man schon Anfang der 1990er, wie Disponenten am Telefon den Anrufern Anweisungen dafür gaben, Erste-Hilfe-Maßnahmen zu beginnen. Mittlerweile ist die Telefon-Wiederbelebung (kurz T-CPR; CPR = Kardiopulmonale Reanimation) in immer mehr Leitstellen ein fester Bestandteil des Aufgabenkonzepts. Und wenn man hört, wie Leitstellendisponenten Menschen nur durch Worte anleiten und motivieren können, eine Reanimation zu starten, ist man sprachlos, was dadurch erreicht werden kann, wenn man das eben noch reanimationspflichtige Baby im Hintergrund wieder schreien hört.

05.01.2023

Unverzüglich

Wen rufen Sie an, wenn Sie den Rettungsdienst benötigen? Die 112, richtig. Ohne Vorwahl, jederzeit, auch vom Handy ohne Guthaben aus. Dass die Anzahl der Notrufe rasant gestiegen ist, ist ein Zeitgeistphänomen. Vielen Menschen fällt es schwer, zu differenzieren, was ein »wirklicher« Notfall ist. Das ist, sage ich Ihnen mit mehr als 20 Jahren Berufserfahrung, manchmal auch nicht leicht. Ich hatte Patienten, die vom Balkon gestürzt waren und mit dem Bus zum Krankenhaus fahren wollten, aber auch eine Tennisspielerin, die wegen einer Petitesse nach einem Rettungshubschrauber verlangte. Seit gut einem Jahr gibt es, neben dem Anruf, auch eine offizielle Notruf App der Bundesländer. »Nora« kann von jedem mit Smartphone kostenlos heruntergeladen und benutzt werden, nachdem man sich registriert hat. Wie bei einer Taxi App wird man geortet und kann mit dem Disponenten chatten. So kann man bei einer Gewalttat auch »still« einen Notruf absetzen.

05.01.2023

Zugbrücke

Eine Minute ohne Versorgung könnte bis zu zehn Prozent weniger Überlebenschance bedeuten, vermutet man. Der Rettungsdienst benötigt aber um die zehn Minuten, um nicht nur an der Einsatzadresse, sondern auch am Patienten zu sein. Da der Rettungsdienst derzeit oft überlastet ist, kann es in Einzelfällen auch länger dauern. Rein rechnerisch ist also bereits nach zehn Minuten die Zugbrücke zum (Über-)Leben hochgezogen. Der Patient wird, rein statistisch, die Situation nicht überleben. Dafür gibt es nur eine Lösung: Reanimationspatienten müssen von Umstehenden sofort reanimiert werden. Nichts kann diese frühe Intervention ersetzen. Es muss mit Herzdruckmassage und gegebenenfalls Beatmung begonnen und, sofern vorhanden, ein AED eingesetzt werden. Alles andere ist, so hart es auch klingt, das Todesurteil für den Patienten. Beginnen Sie!

Der Lebensweg (unveröffentlicht)

§ 13a des Wehrpflichtgesetzes sollte meine Rettung sein. Gemeinschaftsbetten, -duschen und Gruppencorps sind bis heute etwas, das ich entschieden ablehne. Der Dokumentarfilm *Feldtagebuch – Allein unter Männern* von Aelrun Goette hat retrospektiv alle meine damaligen Sorgen bestätigt – auch Leander Haußmanns Kinofilm *NVA* lässt keinen Albtraum offen. Doch es gab – bis zur Aussetzung der Wehrpflicht in 2011 – einen Rettungsanker, der einen nicht aus dem sozialen und beruflichen Leben riss: Die mehrjährige Verpflichtung im Zivil- und Katastrophenschutz. Und so betrat ich am 01.10.2000 das Gelände des *Arbeiter-Samariter-Bundes (ASB)*, um mich früh genug auf das mehrjährige Intermezzo einzustimmen. Doch daraus wurde nichts: Als T5 gemustert, war die jahrelange Sorge vollkommen sinnlos gewesen.

Vielen Menschen war der Zwangsumweg durch eine Hilfsorganisation die Kompassnadel für ihr weiteres Leben: Ich feiere in diesem Oktober mein fünfundzwanzigjähriges Dienstjubiläum in der Rettungsbranche.

Jan C. Behmann

Foto: Peter von Felbert, *felbert.de*

edition-behmann.de

@behmann_schreibt

Jan C. Behmann, geboren 1985 in Hannover. Ausbildung zum Rettungsassistenten und Tätigkeit im Rettungsdienst, u.a. am Frankfurter Flughafen. Ausbilder für Erste Hilfe, Fachkraft für Arbeitssicherheit, geprüfter Brandschutzbeauftragter und Notfallsanitäter.

2007 Gründung der Firma *medicteach*, die er bis heute als geschäftsführender Gesellschafter führt. Er berät weltweit in deutscher und englischer Sprache und ist auf Arbeitssicherheits- und Brandschutzfachberatung in den Branchen Data Centres, Law, Finance, Private Equity und Tax spezialisiert.

Mehrere Jahre freier Autor des *Rettungsmagazins*. Autor eines DGUV-zugelassenen Erste-Hilfe-Lehrwerks in bislang siebter Auflage sowie eines Brandschutzlehrwerks. Beide Lehrwerke sind auch in englischer Übersetzung verfügbar. Autor des Buchs *Richtig handeln beim Herzstillstand – warum sofortige Reanimation so wichtig ist*, zusammen mit Prof. Böttiger, im Springer-Fachverlag. Seit 2017 freier Autor der Wochenzeitung *Der Freitag* sowie seit 2025 wieder des Fachmagazins *RETTUNGSDIENST*.

2025 gründete er mit *LAWYERSAFETY.com* ein Arbeitssicherheitsportal für Rechtsanwaltskanzleien und mit der *GALERIE/BEHMANN* wurde der Grundstein für das professionelle Sammeln und Handeln mit Kunst gelegt.

Es gilt einigen Menschen ganz herzlich danke zu sagen:

Christopher Bulle, Steven, J.A., Berthold Schnitzer, Klaudia Bittner, Heinz Hess, Jens Escher, Thorsten M. Hagel, Christine Becker, Andreas Altmann, Peter Handke, Martin Suter, Reiner Balanta, Mathias Strauch, Benjamin Rommel, Christina Maddocks, Ines Woods, Mareen Jakwerth, Liran Partridge, Geschwister Richter, Stefan Krieg, Martin U. Müller, Stefan Hagen, Peter Weitzel, Jochen Ulrich, Familie Holl, Peter von Felbert, Patrick Grünewald, Wolfgang M. Weber, Helga & Rainer G. Spoenla, Marc Hartmann, Tobias Premper und den Teams der McDonalds Mühlheim und OF-Kaiserlei.
Und natürlich danke ich meinen Leserinnen und Lesern, unseren Kundinnen und Kunden, sowie Christophers Familie.

Klaudia Bittner sei herzlich für die konstruktive Durchsicht der Texte und das Coverbild gedankt. Wolfgang M. Weber sei ebenso für sein konstruktives Lesen gedankt.

Andreas Altmann danke ich für das fulminante Vorwort und dass er einfach ein so klasse Mensch ist.

edition:behmann

Verlag

edition:behmann – Hier entsteht Kultur.

Die edition:behmann wurde im Jahr 2020 als Imprint-Verlag der medicteach GmbH gegründet.

Der Verlag veröffentlicht sowohl die Fachbücher als auch die belletristischen Werke von Jan C. Behmann.

Die aktuellen Einkaufsmöglichkeiten der Bücher ersehen Sie auf *edition-behmann.de/shop*

Die Bücher sind als gedruckte Ausgaben, E-Books in den gängigen Stores sowie – im Falle der Romane – als digitale Hörbücher erhältlich.

Weitere Informationen:
edition-behmann.de

Christopher Bulle
STIPENDIUM

Christopher-Bulle-Stipendium

Christopher Bulle (1969-2020) war mein bester Freund und Geschäftspartner. Er war immer ein Mensch, der an andere Menschen glaubte und sie bedingungslos unterstützte. Christopher hatte ein untrügliches Gespür und ein Wohlwollen Menschen gegenüber. Sein Intellekt und die Fähigkeit zu analytischem Denken waren etwas ganz Besonderes.

Mit dem Stipendium, welches seinen Namen trägt, wollen wir an ihn, der viel zu früh von uns gehen musste, erinnern.

Das Stipendium wird jährlich an eine einzelne Person vergeben, die in schöpferischer Weise in den Bereichen Literatur oder Kunst aktiv diese Welt positiv und kritisch mitgestaltet. Die Höhe des Stipendiums liegt bei derzeit 2.500,-- Euro pro Person pro Jahr und wird am 04. Juli, Christophers Geburtstag, an die/den Stipendiaten:in vergeben.

Das Stipendium ist insofern bedingungslos, da die/der Stipendiat:in nicht zur Vorlage von künstlerischen Ergebnissen verpflichtet ist, wir uns aber natürlich freuen, wenn unsere Unterstützung zur Entfaltung künstlerischer Arbeit beiträgt. Die Bedingungslosigkeit wäre in Christophers Sinn gewesen; er war ein Mensch, der durch sein Vertrauen in Menschen deren intrinsische Talente förderte.

Christopher Bulle
STIPENDIUM

Wir danken Christophers Familie sehr für die großzügige finanzielle und ideelle Unterstützung des Stipendiums über die nächsten Jahre hinweg.

Sie haben einen Vorschlag, wer als Stipendiat:in geeignet sein könnte? Senden Sie uns gerne Ihren Vorschlag an verlag@edition-behmann.de. Selbstredend können sich Kunstschaffende auch selber vorschlagen. Wir freuen uns auf Ihre Ideen. Einsendeschluss ist der 30. Mai jeden Jahres. Es gelten die Richtlinien des Christopher-Bulle-Stipendiums, die Sie jederzeit online einsehen können.

Lassen Sie uns damit gemeinsam an Christopher erinnern!

Weitere Informationen zu dem Stipendium erhalten Sie auf *edition-behmann.de/stipendium*

Impressum

Herausgeberin:
edition:behmann
ist ein Imprint-Verlag der
medicteach GmbH
Offenbacher Straße 91
63165 Mühlheim am Main
Telefon: +49 69 175 370 42-0
verlag@edition-behmann.de
edition-behmann.de

Geschäftsführer:
Jan C. Behmann
Sitz der Gesellschaft:
Frankfurt am Main
Amtsgericht Frankfurt am
Main, HRB 91438
USt. ID: DE278350938

Bei Fragen oder Hinweisen zur Produktsicherheit gem. Art. 9 Abs. 11 GPSR und Art. 19 GPSR, Verordnung (EU) 2023/988, wenden Sie sich bitte an uns:
produktsicherheit@edition-behmann.de

Covergestaltung, Layout, Satz und Reinzeichnung:
Berthold Schnitzer,
Offenbach am Main,
bsj-creative.de

Cover-Foto & Korrektorat:
Klaudia Bittner

Druck:
Booksfactory,
Szczecin (PL),
booksfactory.de

Papier: Munken Print Cream
Schrift: Minion Pro

ISBN: 978-3-9825841-6-4
Verkaufspreis: 10,00 € (D)

1. Auflage, Oktober 2025